An Guth
Aoibhneach

Ged a tha còrr is dà fhichead bliadhna o nochd a' chiad sgeulachd ghoirid le Pòl MacAonghais an clò, cha d'fhuaras cruinneachadh dhiubh thuige seo. Ach tha iad cruinn còmhla a-nis - ochd deug air fad, is iad a-mach air corra chuspair. Tha cuid dhiubh aotrom is cuid eile glè dhrùidhteach, ach chan eil gin nach tog ùidh an leughadair a tha dèidheil air deagh sgeulachd air a deagh innse. Seo guth as fhiach èisdeachd ris.

Pòl MacAonghais nuair a bha e 28

An Guth Aoibhneach

Pòl MacAonghais

Air fhoillseachadh an 1993 leis an Saltire Society,
9 Clobhsa an Fhuarain, An t-Sràid Ard,
Dùn Eideann EH1 1TF/
9 Fountain Close, High Street, Edinburgh EH1 1TF

©1993 Annot NicAonghais

Clàr-fhiosrachadh Foillseachaidh Leabharlann Bhreatainn
MacAonghais, Pòl, 1928
1. Sgeulachdan
I Clàr fo ainm cuideachd

Gach coir glèidhte. Chan fhaodar cuid sam bith dhen leabhar seo ath-nochdadh, a thasgadh ann an comh-rian lorg no a chraobh-sgaoileadh, ann an cruth sam bith no air mhodh sam bith, dealantach, uidheamach no tro dhealbh lethbhric, clàradh no eile, gun chead an toiseach bhon Saltire Society.

LAGE/ISBN 0-85411-054-2

Deilbh a' chòmhdaich le Smith & Paul Associates, Pàislig

Air a chlò-bhualadh
am Breatainn le Cromwell Press Ltd

Chuidich Comhairle nan Leabhraichean am foillsichear
le cosgaisean an leabhair seo.

Clàr-Innse

Sùil air Ais le Calum Camshron	vii
Facal-Toisich	ix
"Aon Fheasgar..."	1
Latha Bha Siud	6
An Gille Gallta	11
Cur às an t-Solais	18
Air Feadh na Fìdhle	23
Sin Mar a Tha	26
Pìoban gun Ribheid	33
Is Trom an t-Eallach	34
Seachdain a' Phòsaidh	41
Mòrag	47
Nighean Chruinn Donn	52
An Seann Bhàrd	58
Toiseach a' Gheamhraidh	59
An Dìleab	63
Droch Am dhen Bhliadhna	69
Urnaigh	84
A' Ghruagach a Thadhal	85
A' Phrosbaig	91
Itean Bòidheach	97
Turas Dhòmhnaill a Ghlaschu	103
A' Chiad Oran	110
Maserati air a' Mhachaire	111

Sùil air Ais

le Calum Camshron

'S ann an 1957 a chuir mise eòlas air Pòl MacAonghais an toiseach. Bha an dealbh-chluich *An Dul* - an t-eadar-theangachadh a rinn e air obair Eugene O'Neill, *The Rope* - ga h-ullachadh airson an àrd-ùrlair. B' e an t-àite an Glasgow Lyric Theatre, is a' chiad Fhèis Dràma Ghàidhlig a' tòiseachadh. Greis às dèidh seo ghluais esan gu tuath, chaidh mise gu deas, is cha bhitheamaid a' faicinn a chèile idir. Ach an ceann còrr is fichead bliadhna choinnich sin a-rithist nuair a thàinig an dithis againn a Dhùn Eideann, sinn stèidhichte nar dreuchdan is ar cuid chloinne ag èirigh suas.

B' e na làithean sin an Dùn Eideann còmhla ri Pòl àm cho luachmhor, tlachdmhor 's a bha agamsa nam bheatha. Bhiodh dealbhan-cluiche ann, leughaidhean, craobh-sgaoileadh, deiridhean-seachdain an Sabhal Mòr Ostaig - agus a chomann fhèin an lùib gach rud. Bha e cho math a bhith na chuideachd, 's e daonnan cho aighearach. Fìor dhuin'-uasal, ach greimeil aig an aon àm, is math air brosnachadh. Bha alt aige air daoine a choiteachadh gus a bhith ag oidhirpeachadh rud a shaoil iad a bha thar an comasan. Ach bhiodh esan ceart, is rachadh aca air.

Bha Pòl na dhuine sunndach, èibhinn, làn naidheachdan, sgeulachdan is spòrs. Tha cuimhn' agam aon uair cho sgiobalta agus a chaidh turas dhan Eilean Sgitheanach - agus air ais - seachad còmhla ris. A bharrachd air sin, bha e math air seinn, is guth ceòlmhor domhainn aige - rud nach eil cho bitheanta am measg nan Gàidheal.

Bha meas air leth aige, ge-ta, air sgrìobhadh sa Ghàidhlig - sgeulachdan, dealbhan-cluiche, eadar-theangachadh is bàrdachd. Sgrìobh e nobhail sa Bheurla nach deach fhoillseachadh fhathast, fon ainm *Barefoot in the Lowlands*. Tha i a' dèanamh innse cho grinn agus a leugh mi riamh air caochladh thachartasan ann am beatha gill' òig. Tha mòran dhe na sgrìobh e gun nochdadh fhathast, agus chan eil sa chruinneachadh seo ach na sgeulachdan aige is beagan bàrdachd - dìreach taghadh às na rinn e de ghrunn sheòrsachan sgrìobhaidh.

Nuair a chaochail e cho aithghearr ann an 1987, chaidh call air ar cànan is ar cultar nach b'fheàirrde iad idir. Sàr-charaid agus dlùth-chompanach - thathar ga ionndrain gu mòr.

Facal-Toisich

Rugadh Pòl MacAonghais air 22 Faoilleach 1928 ann am baile Ghuraig, ach bha athair à Bail' a' Chaolais agus a mhàthair à eilean Ghriomasaigh, an Uibhist a Tuath, agus 's ann an sin, còmhla ri sheanair 's ri sheanmhair, a fhuair e a thogail o 1936, an dèidh bàs athar. Bha seachdnar chloinne an teaghlach Phòil uile-gu-lèir. Chaidh esan a sgoiltean Ghriomasaigh is Cheann a' Bhàigh an Uibhist agus an uair sin a dh'Ard-sgoil Phort-Rìgh. An dèidh dà bhliadhna a chur seachad san Arm, chuir e crìoch air fhoghlam ann an Oilthigh Ghlaschu agus an Colaisde Chnoc Iòrdain.

Thug e a-mach a bhith na mhaighstir-sgoile, agus thòisich e san dreuchd sin aig Quarrier's Village ann am Bridge of Weir - anns an *Orphan Homes School*, mar a bha oirre an uair sin. Ann an 1957 rinneadh e na Cheann-sgoile air Bun-sgoil Chille Mhoire san Eilean Sgitheanach, agus chuir e sia bliadhna glè shona seachad san Eilean. Thug a dhreuchd às a sin e gu sgoiltean an Dabhach Garach, faisg air Inbhir Nis, an Linwood, am Pàislig agus an Rinn Friù.

Ann an 1979, ge-ta, dh'fheuch e raon eile, nuair a fhuair e obair aig BBC Alba ag ullachadh nam prògraman sgoile a bha a' dol a-mach à Dùn Eideann. Bha e a' fasdadh muinntir eile mar sgrìobhadairean, ach bha e fhèin a' dèanamh mòran sgrìobhaidh airson nam prògraman cuideachd, is ùidh mhòr aige ann a bhith ag ullachadh stuth dhan chloinn a b'òige. Bha e anns an dreuchd seo gus an do dh'eug e le bàs aithghearr air 19 Lùnasdal 1987, 's e san Eilean Sgitheanach an ceann a ghnothaich. Bha e 59.

'S ann an 1956 a phòs Pòl agus Annot Robasdanach à Grianaig, agus bha dithis chloinne aca, gille is nighean. Bha Pòl na dhuine ciatach, gasda, a bha gràdhach aig a theaghlach agus measail aig a chàirdean 's a dhàimhean, air Ghàidhealtachd 's air Ghalltachd.

Bha ùidh aige ann an iomadh cuspair, is comasan dha rèir, ach bha sùim shònraichte aige riamh dhen Ghàidhlig is dhe na bha fuaighte rithe. Nuair a bha e a' fuireach aig deas bhiodh e a' seinn ann an Còisir Ghàidhlig Ghrianaig agus ag oideachadh buill na còisir sa Ghàidhlig, agus nochd e grunn thursan air an telebhisean an lùib a' phrògram *'S E Ur Beatha*. Bha e bliadhnaichean an sàs ann an dràma còmhla ri Cluicheadairean Lodainn (Cluicheadairean Dhùn Eideann a-nis), agus a bharrachd air a bhith a' sgrìobhadh dhaibh bhiodh e fhèin glè thric a' nochdadh air an àrd-ùrlar mar phàirt dhen sgiobadh cuideachd. Bha comas iongantach aige air ceanglaichean a dhèanamh ri sean is òg.

Cha robh e fhèin ach òg nuair a thòisich e air sgrìobhadh. Nochd bàrdachd is rosg leis anns an iris *An Cabairneach* ann an Sgoil Phort-Rìgh, agus bha e na fhear-deasachaidh oirre cuideachd. Lean an ùidh seo ann an sgrìobhadh ris fad a bheatha, agus chaidh corra dhealbh-chluich leis a chluinntinn air rèidio agus fhaicinn aig fèisean dràma is aig Mòdan. Ann an 1987 sgrìobh e *A' Chrìoch Araid*, dealbh-chluich na b' fhaide na an àbhaist, le trì seallaidhean, do Chomann na Dràma Ghàidhlig an Glaschu, agus chaidh a cur air an àrd-ùrlar air an t-samhradh sin. Dh'fhàg e còrr is dusan dealbh-chluich uile-gu-leir, eadar *Maith Dhuinn Ar Peacaidhean, Solas na Gealaich, An t-Aiseag* is eile, agus thathar an dòchas gu foillsichear iad fhathast.

Aig an aon àm, fhuair e cliù cuideachd mar sgrìobhadair sgeulachdan Gàidhlig, agus bidh e na thoileachadh do mhòran gun deach na sgeulachdan a chruinneachadh anns an leabhar seo. Gu h-iongantach, 's e aon leabhar eile a nochd o Phòl thuige seo - *Teine Ceann Fòid*, eadar-theangachadh air *Ribbon of Fire* le Ailean Caimbeul MacGhillEathain nach maireann. Fhuair Pòl eòlas air Ailean nuair a bha iad le chèile a' fuireach anns an Eilean Sgitheanach, agus 's e Gairm a dh'fhoillsich an t-eadar-theangachadh ann an 1967, an dèidh dha nochdadh anns an iris *Gairm* na earrannan.

Thathar a-nis an comain *Gairm*, far an do nochd a' bhàrdachd agus ceithir dhe na sgeulachdan seo an toiseach cuideachd ('Aon Fheasgar', 'Latha Bha Siud', 'Toiseach a' Gheamhraidh' agus 'Maserati air a' Mhachaire'), agus aig an aon àm a' toirt taing do Roinn Cheiltich Oilthigh Ghlaschu, Chambers agus Gairm a-rithist, a dh'fhoillsich trì leabhraichean anns an robh sgeulachdan a tha san leabhar seo, mar a leanas: *Briseadh na Cloiche* ('Sin Mar a Tha'), *Amannan* ('Droch Am dhen Bhliadhna') agus *Eadar Peann is Pàipear* ('Aon Fheasgar...' is 'Droch Am dhen Bhliadhna').

    Gu sealbhach, chruinnich Pòl MacAonghais a chuid sgeulachdan còmhla mu cheithir mìosan mun do chaochail e, agus dh'fhàg e iad ann an cùram Chomhairle nan Leabhraichean. A bharrachd air aon tè a dh'eadar-theangaich e is nach robh e ag iarraidh ath-fhoillseachadh, seo iad gu lèir, cho fad' 's a tha fios. Thug e seachad na ceithir dàin còmhla ris na sgeulachdan, agus chaidh an cur nan lùib san leabhar. Chan eil teagamh nach biodh Pòl air tuilleadh sgeulachdan a sgrìobhadh nam biodh e air saoghal na b'fhaide fhaighinn, ach 's math an cruinneachadh seo a bhith againn mar chuimhneachan air deagh sgrìobhadair - is deagh dhuine.

"Aon Fheasgar..."

Cha robh Tomod ach naodh, ach an-diugh bha cuideam eagalach air laighe air a spiorad òg. Shocraich e e fhèin air cloich chruinn air cùl na cruaiche agus dh'fheith e gus an nochdadh càch. Dè chanadh iad? Dè chanadh iad nuair a dh'innseadh e dhaibh? Saoil am biodh Dòmhnall Ruadh a' bhreacaidh-seunain a' magadh air 's a' tarraing às? 'S cinnteach gum bitheadh.

'S e Dòmhnall bu shine dhen chloinn mun cuairt, 's bha e tuilleadh is bragail uaireannan... Nach robh Maileag a' ràdh dìreach a-raoir fhèin gu robh a h-uile duine a' toirt an aire cho mì-mhodhail 's a bha e fàs, 's gum bu chiatach dha athair beagan ceannsachaidh a dhèanamh air.

Ach co-dhiù, cha dèanadh Màiri no Eòghainn no Ruairidh magadh air - Màiri co-dhiù. Nuair a dh'innseadh e dhi mar a thachair, dh'fhàsadh a sùilean mòra na bu chruinne 's na bu tlàithe le iomagain, agus bhiodh truas mòr a cridhe aice ris.

Ach gu dè bha gan cumail, ge-ta? An fhaod a bhith nach robh an t-uisge 's a' mhòine aca staigh a-nis? Bu chòir dhaibh greasad orra; mura tigeadh iad a dh'aithghearr readh a' ghrian fodha 's chan fhaigheadh iad cead tighinn a chluich.

Thàinig Maileag timcheall oisean na cruaiche. "O... 'n ann an sin a tha thu? Na gabh fuachd nad shuidhe ann an sin fad an fheasgair. Cia mheud poca a thug thu staigh?"

"Trì."

"Feuch gun dèan sin an gnothach, ma-tha. Tha fuine agamsa ri dhèanamh a' chiad char sa mhadainn. Feuch gu fuirich thu faisg air làimh. Tha agad ris an crodh a thoirt dhachaigh, cuimhnich, agus ma dh'fheumas mise tighinn gad shiubhal, cha mhath dhut... Eil dad ceàrr ort - chan eil thu coimhead ach stuirceach?"

"Chan eil."

Chaidh earball a h-aodaich à fianais an taobh a nochd i. Sàmhchair. Dh'èirich meanbh-chuileag no dhà as a' mhònaidh agus theirinn iad a chluasan 's a chùl-amhaich. Thachais e e fhèin gu dìcheallach gus an do ghlac a chluas am fuaim ris an robh i a' feitheamh, agus dh'èirich e air a chorra-biod.

Bha iad uile a' tighinn còmhla a-nall cùl na h-iodhlainn. Bha e beagan mì-shona - b'fheàrr leis gu robh Màiri air tighinn an toiseach, na h-ònrachd. Ach nuair a ràinig iad, 's iad a' bocadaich 's ag eubhach mu choinneamh, chaisg e iad cho sòlaimte 's a rachadh aige, 's thuirt e,

"Bhàsaich Susanna!"

Sguir a' mhire 's a' bhocadaich. Sheall iad air gu h-iomagaineach.

"Cha do bhàsaich!" arsa Dòmhnall Ruadh.

Chuir an naidheachd dragh air gun teagamh, thug Tormod an aire.

"Bhàsaich. Chaidh mi mach le gràn thuice cho luath 's a thàinig mi às an sgoil 's cha robh sgeul oirre. Choimhead mi 'n uair sin shìos os cionn a' chladaich 's fhuair mi ri taobh gnobain i ... marbh."

Theab glug a' chaoinidh tighinn air. Bha a chompanaich uile a' coimhead air cho truasail, agus bha cumhachd nan co-fhaireachdainn air nach robh e eòlach.

B'aithne dhaibh uile Susanna, an tunnag a fhuair Tormod an-uiridh o bhean a' chìobair. Nach iomadh gàire a thug i orra. B'i fhèin an tunnag a b'èibhinne 's a bu lugha nàire a ghluais air dà spòig riamh. Ach cha robh e buileach freagarrach a ràdh gum b'ann air dà spòig a ghluais Susanna: bhristeadh tè aca nuair a bha i na h-isean agus b'ann gu math cuagach, spliathach a bha i riamh on àm sin.

Dh'itheadh i gràn (no dad sam bith eile a bhiodh ri sheachnadh) às an làimh, leanadh i steach dhan arbhar iad nuair a readh iad am falach, agus nuair a bhiodh iad a' deasbad am measg a chèile - mar bu tric a bhitheadh - 's gann nach dreadh fhaighneachd do Shusanna gu dè a beachd, oir bhiodh i an siud is car na ceann ag èisdeachd riutha gu dìcheallach. Bha e gu math doirbh a chreidsinn nach b'urrainn dhi aon rud dhiubh sin a dhèanamh tuilleadh.

"An truaghan!" arsa Màiri.

"Saoil an e cù a rinn e?" dh'fhaighneachd Ruairidh.

Chrath Tormod a cheann. "Cha do bhoin dad dhi. Cha do rinn i ach ... ach bàsachadh."

"Feumar a tìodhlacadh, ma-tha," ars Eòghainn, am fear bu phongaile dhiubh uile, "agus a tìodhlacadh dòigheil cuideachd. B'airidh i air."

Sheall Tormod air a chompanaich. Dh'aomadh ceithir chinn gu dùrachdach. "Ceart, ma-tha," ars esan - "thugnamaid."

Ghabh iad a-null gu iomall a' chladaich air an socair, a' dèanamh beagan draghaidh air an casan mar a shaoil iad bu chòir do luchd-caoidh.

Bha Susanna air a drùim-dìreach agus a spògan, seargte gun lùths, paisgte air a h-itean broinne.

"O, an truaghan!" dh'eubh Màiri, a' dol air a glùinean ri taobh agus ga slìobadh. Cha do leig na balaich dad orra, agus thòisicheadh, leis an t-seann spaid a thug iad leotha o cheann na cruaiche, air cladhach an tuill. Thug iad greis mu seach air an spaid agus, an dèidh mòran osnaich is acain, rinneadh sloc a shaoil iad mòr gu leòr.

B'ann ri Màiri a dh'earbsadh a leigeil dhan ùir, agus rinn i sinn gu socair, pongail, leis a' cheathrar bhalach nan seasamh sàmhach ga coimhead.

Ach bha cudthromachd na cùise a' fàs draghail do Dhòmhnall Ruadh agus thuirt e le mòthar gàire: "Bu chòir dhuinn salm a ghabhail, nach bu chòir?" Sheall càch air le diomb a chuir na thosd e sa mhionaid. Sin mar a thachras an còmhnaidh, thuirt Tormod ris fhèin - dh'fheumadh cuideigin cùis-bhùird a dhèanamh nuair a b'olc ...

Nuair a bha an gnothach seachad 's a sgaoileadh an ùir gu rèidh air uachdar an t-sluic, bha iad fhathast deònach fuireach greis na b'fhaide. Cha robh e ceart, ann an dòigh, coiseachd air falbh agus Susanna bhochd fhàgail ann an siud.

"Dèanamaid crois!" arsa Màiri.

Dh'aontaicheadh leatha san spot.

"Thalla thusa null gu eathar Chaluim aig a' phort," arsa Tormod ri Eòghainn. "Bha Calum a' leaghadh teàrr-bhuidhe an-diugh 's cha chreid mi nach bi na h-èibhleagan teth fhathast. Teasaich am pìos iarainn a bh' aig Calum 's thoir a-nall e. Thugainn thusa, Ruairidh, feuch am faigh sinn biorain mhaide san tiùrra."

An ceann tiotain dhìrich Tormod is Ruairidh às a' chladach is dà bhioran fhreagarrach aca, is iad a' toinneamh sreang mun timcheall 's a' dèanamh crois dhiubh. Cha b'fhada cuideachd gus an do nochd Eòghainn leis a' phìos iarainn agus ruthadh na grìosaich na ghob.

"Dè tha thu dol a sgrìobhadh?" ars Eòghainn.

"Chan eil mi buileach cinnteach. Saoil nan cuireamaid ann am Beurla 'Mar chuimhneachan air Susanna, an tunnag a b' fheàrr a' ..."

"Ach, nì 'n t-ainm aice an gnothach leis fhèin," arsa Dòmhnall.

"Tha 'n t-àm agad cabhag a dhèanamh. Tha seo a' fàs fuar," ars Eòghainn. Rug Tormod an uair sin air an luideig a bh' air ceann an iarainn agus gu dìcheallach thòisich e air litir mu seach de dh'ainm na tunnaig a losgadh anns a' mhaide.

Ach bha e furasda fhaicinn nach robh a theas air fhàgail na dhèanadh an gnothach, agus cha robh e ach air *SUS* a sgrìobhadh nuair a b'fheudar sgur.

"Och, nì sin fhèin a' chùis," arsa Dòmhnall.

"Nì, nì, tuigidh sinne cò th' ann," ars Eòghainn, 's gun e deònach sam bith turas eile a thoirt chun a' phuirt.

Mar sin chàirich Tormod a' chrois gu cùramach aig ceann an t-sluic, ach fhathast cha d'fhuair e a stèidheachadh ceart.

Chualas guth feargach air an cùlaibh.

Nuas a ghabh Maileag agus coltas garbh oirre, 's i an dèidh a bhith siubhal Thormoid thall 's a-bhos.

"Dè a' chladhach 's an ruamhar tha seo?" dh'eubh i. "Sguiridh sibh dheth sa mhionaid, dìreach. Agus ... thusa, amadain ghràinde, gabh dhachaigh agus 's tusa gheibh e bhuamsa nuair a ruigeas tu."

Leum i thuige agus thug i sgailc mhath dha mu chùl a chinn. B'ann an uair sin a laigh a sùil air a' chrois. Chuir sin an cuthach buileach oirre. Phrann i fo casan i, 's i 'g eubhach riutha - cho cruaidh 's gun cluinnte thall 's a-bhos i - agus lasadh fiadhaich na sùil.

Sheall Tormod oirre agus, goirt 's gu robh a chluasan agus cruaidh 's gu robh a thàmailt, cha mhòr nach tàinig gàire thuige.

Shaoil e gu robh iomadh rud fo na neòil nach robh daoine a' tuigsinn nuair a thigeadh iad gu aois.

Latha Bha Siud

Air madainn àraidh a bha siud bha Dùghall MacIain a' feitheamh luchd-buain-mhònadh. Bha an t-earrach a-nis gu bhith seachad, agus eadhon ann am baile dhen t-seòrsa seo dh'fheumte beagan mònadh a bhuain. Chan eil fios an tàinig dad de dh'adhartas air on a b'aithne dhòmhs' e - is cinnteach nach tàinig - ach is tric a bhios mi cuimhneachadh, an dràsda 's a-rithist, air Bail' Mathàmathogair. Bha muinntir a' bhaile nan daoine cho leisg 's cho grianaisgeach, agus am beagan cosnaidh a dhèanadh iad cho luideach 's cho beag snas, is gun deachaidh cliù a' bhaile bhig seo fada 's farsaing.

Nuair a thigeadh coigreach an rathad is a chitheadh e na sabhail le tughadh is sgrathan a' tuiteam dhiubh, an crodh ag ithe an fhochainn gun bhacadh ga chur orra agus gach cruach mhònadh is arbhair air thurraman mar chòmhlabhigein, cha robh adhbhar fhiafhrachd càit an robh e - bha dearbhadh gu leòr fa chomhair gum b'e seo dha-rìribh Bail' Mathàmathogair.

Bha am maighstir-sgoile (duine gasda às na Hearadh) an impis dol às a rian. Cha tàinig duine riamh fo a stiùireadh a rinn feum le sgoil. Biodh tìr-mòr air a miastadh le luchd-teagaisg, dotairean is fir-lagha à Leòdhas is Ile 's às gach àite, ach am feasd chan fhaighte eadhon bloigh ministeir à Bail' Mathàmathogair. Is cha b'e sin uile e. An corra uair a thigeadh dotair an rathad taigh-tinnis, cha bhiodh càch ach a' sad-mhagadh air - a' ràdh gun do rinn Mòr Bhàn barrachd feum leis an t-snàithlean ann an aon fhoghar 's a dhèanadh e ann am fichead bliadhna le chuid dhrogaichean.

Chanadh tu, ma-ta, gum biodh sluagh baile mar seo - a bha cho aineolach 's cho coma co-dhiù - nan daoine riaslach, mì-shona. Ach is iadsan nach robh sin, searbh is gu robh seo le muinntir Bhaile Rianail is Bhaile Tùrail! Ann an dòigh mhìorbhailich air choreigin fhuair iad seòl air an làithean a chur seachad ann an dòighean na bu tlachdmhoire na chèile. Cha ghabhadh seo tuigsinn le muinntir Bhaile Tùrail is Bhaile Rianail, is cha do thuig iad riamh carson a bhuilich am freasdal orra nàbaidhean a bha cho tur deireannach, leisg agus gun nàire.

Nis, mar a thubhairt mi, bha Dùghall MacIain a' feitheamh luchd-buain-mhònadh air a' mhadainn ud. Bha e nis aon uair deug agus gun sgeul air anam dhiubh, ged a gheall gach duine a bhith thall aig deich. Ach cha robh mòran uallaich air Dùghall, oir cha bu tric a thòisicheadh obair-latha san àite seo ro mheadhan-latha. Ach an ceann greise nochd Dòmhnall Cruinn a-nall air a tharsainn, is e a' cluich *Fòghnan na h-Alba* air mouth-organ. Chrath Dùghall a cheann. Cha dreadh mòran mònadh a bhuain an-diugh. Aon uair 's gun tòisicheadh Dòmhnall is Iain Giobach air deasbad mu dheidhinn phort, cha bhiodh iomradh sgur aca. Cha robh Dùghall ach air beannachadh dhan fhear-ciùil nuair a nochd an còrr dhen sgiobadh, fear às gach àird agus ceum san uair aige, gus mu dheireadh an robh còigear cheatharnach an làthair is an aon smaoin aig gach fear dhiubh - na b'urrainn dhaibh de spòrs fhaighinn air Dùghall.

Nis, 's fheudar facal a ràdh mu Dhùghall. B'e duine cho luideach is cho cliopach 's a bha sa bhaile - agus, ann am baile mar seo, b'uabhasach an teisteanas sin air duine sam bith. Ged nach robh ann ach duine beag, bha troigh is òirleach na bhrògan. Nis, bha adhbhar math air còigear a bhith san sgiobadh - dà iarann agus fear a' rùsgadh nam poll - oir cha do dh'fheann Dùghall fhèin mòine o chionn dà bhliadhna. Air a' bhliadhna bha sin thuit e ris a' pholl trì uairean, agus air an turas mu dheireadh cha do shàbhail duine dhen sgiobadh e -'s ann a thòisich iad air tilgeil phloc. Theabadh an duine bochd a thachdadh, is chaidh a fhliuchadh chun na seice. Mar sin, cha robh e am beachd Dhùghaill gnothach sam bith a ghabhail ris an obair an-diugh ach sùil a chumail air an sgiobadh - cha bu bheag an obair sin fhèin. Nuair a ràinig iad am poll chuireadh an obair an grèim gu h-ealamh, agus nuair a rinn Alasdair beagan feannaidh thòisich a' bhuain.

Bha gnothaichean a' coimhead anabarrach fàbharach. Shuidh Dùghall air gnoban, air a dheagh dhòigh, is thug e mach a' phìob. Bha e air a bhith gleusda, thoir an aire. Chuir e an dà iarann mu thrì fichead slat o chèile gus nach biodh cothrom bruidhne cho math aca, agus chuir e Dòmhnall Cruinn is Iain Giobach, mar sin, far nach biodh comas aca a bhith trod 's a' feadaireachd ri chèile. Ach cha tug e idir an aire gu robh na slatan a bha eatarra a' sìor ghiorrachadh. Thòisich am buidheann air thoiseach air buain gu làidir, agus bu ghann (ged nach b'e sin coltas a bh' orra) a bha an dithis eile a' dèanamh caoran.

Bha Dùghall cho math air a dhòigh, is a shùil air an dithis air thoiseach, is gun duirt e an dèidh uair a dh'ùine: "Leigibh ur n-anail, fhearaibh, is gabhaibh ceò." Cha bu ruith ach leum; shadadh gach inneal an dara taobh is thòisich an còmhradh 's a' bhuamastaireachd. Fhuair Iain is Dòmhnall cothrom deasbad agus bha Alasdair is Murchadh a' còmhdach mun reithe a b'fheàrr air sabaid sa bhaile. Chualas *Cailleach Liath Ratharsaigh* mu fhichead uair agus ann an iomadh cruth air a' mhouth-organ mun d'fhuair Dùghall - 's e a' mionnachadh nach leigeadh e anail tuilleadh dhaibh - an tuiteanadh air ais chun a' phuill.

An ceann greise, cò a thàinig air fàire ach Anna, piuthar Dhùghaill, agus pocan aice. Nis, bha Anna agus Dùghall a' fuireach leotha fhèin, agus cha do sguir iad riamh a dhì-moladh a chèile. Ged a bha Anna rud beag faoin, cha robh nì ceàrr air a buille-theangann, mar a bha fios aig Dùghall fìor mhath! Thàinig snodha-gàire air aodann an luchd-buain agus gruaim air aodann Dhùghaill. Bhiodh spòrs agus annlan an cois na tè seo! Chaidh i fhèin is Dùghall a throd sa mhionaid mu dheidhinn a' bhìdh. "Gu dè as fhiach briosgaidean dha na daoine seo? Nam biodh tusa coltach ri tèile, bhiodh breacagan math arain is càise agad - ach ... dè 'm math a bhith bruidhinn!" Rug Dùghall air tè dhe na pacaidean, bhrist e air a ghlùin i agus theann e air tilgeil nam briosgaidean mòra chun nan gillean.

"A Dhùghaill, 's ann a tha thu a' toirt nam chuimhne-sa fear a bhiodh a' cluich chairtean," arsa Murchadh. Ach cha robh Dùghall idir air a dhòigh. Bha teanga Anna an sàs ann agus bha e air a nàrachadh am fianais an sgiobaidh. Is cha do leig na gillean cothrom sgur leotha. Thòisich Alasdair air moladh nan tuthagan a bh' air briogais Dhùghaill. Bha Anna cho moiteil, is Dùghall cho crosda, 's gun do thòisich an aimhreit às ùr.

Mu dheireadh sgioblaich Anna leatha na bh' air fhàgail (am pocan 's na pàipearan), agus thòisich an obair aon uair eile. Ach cha b'fhada gus an tug Dùghall an aire nach robh na seòid cho dian 's a b'àbhaist. Cha robh Iain is Murchadh a-nis ach mu dheich slatan on dithis eile air a' pholl, agus bha an còmhradh a' tighinn thuige agus a' bhuain a' dol bhuaithe. Thòisich Alasdair air atharrais air cuideigin ('s beag a bha dh'fhios aig Dùghall gum b'ann air fhèin) agus thuit Murchadh dhan pholl leis a' ghàireachdraich.

Ach 's ann a bha a' ghàireachdraich ann nuair a dh'fhaighneachd Dùghall do Dhòmhnall (ann an sanais) ciamar a dh'fhosgladh e crogan-feòladh. Bha e coltach gu robh feòil-chrogan a' feitheamh orra nuair a rachadh iad dhachaigh feasgar, agus cha robh fios aig Dùghall no aig Anna ciamar a gheibhte às na crogain i. Dh'inns Dòmhnall - mar a b'fheàrr a b'urrainn dha - mun iuchair bhig a bha air taobh a' chrogain.

Dh'fhàg Dùghall iad an uair sin, an dèidh iarraidh orra sgur an ceann uair eile agus tighinn dhachaigh gu biadh. Cha robh e ach air a dhol à fianais nuair a dh'inns Dòmhnall mar a thuirt e ris, agus on uair sin fhèin bha an obair seachad. Bha Alasdair, is sruth às a shùilean, a' dèanamh dealbh air Dùghall is Anna a' gabhail dhan chrogan-fheòladh le tuagh is sgathair!

Ach nuair a ràinig iad thall taigh Dhùghaill an ceann na h-uarach, bha an gnothach dona buileach. Bha am bòrd air a shuidheachadh le forcan is sgeinean agus, air gach truinnsear, gun fhosgladh, bha crogan puinnd feòladh! Bha Dùghall aig ceann a' bhùird agus fìor dhroch ghreann air.

"A chiall, dè thachair dhuibh?" dh'fhaighneachd Alasdair, nuair a thug e an aire dha na cuarain a bh' air meòirean Dhùghaill.

"O, thèid mise a lot latheigin aig an òinsich boireannaich sin," arsa Dùghall. "Nach do shad i iuchraichean nan crogan dhan teine! Tha fios aig a h-uile duine gle mhath nach eil dòigh eile air am fosgladh ach leis an iuchair - ach ... dè 'm math a bhith bruidhinn! Rinn mi oidhirp air an toirt às an teine - is chaidh mo ghualadh."

Cha robh fios dè a dhèante a-nis. Rinn Dùghall bochd oidhirp bheag eile a' sprùilleich am measg nan èibhleag, ach cha d'fhuaireadh lorg air na h-iuchraichean. Mu dheireadh 's e òrd is sgathair a b'fheudar a chur an grèim, agus abair gu robh Alasdair ann an suidheachadh!

Ach, gu mìorbhaileach, fhuair na fir am biadh mu dheireadh thall, agus cho luath 's a bha an grèim mu dheireadh sìos aca thog iad orra sìos air chèilidh air Tormod Ruadh. B'e taigh Thormoid rogha nan taighean-cèilidh, oir bha Tormod fhèin glè aoigheil agus dèidheil air a bhith dèanamh spòrs air Dùghall, agus bha fidheall aige, dà fheadan agus làn taighe a nigheanan òga.

Tha e cho math am fàgail an sin, ma-ta, oir bha greis mhath mun tug iad siud an dachaigh orra. Cha robh uallach fon ghrèin orra, is iad ag èaladh dhachaigh mu uair sa mhadainn.

Is cinnteach, ged a bha mòran ri dhèanamh, nach èireadh fear dhiubh ro aon uair deug - ach ... dè 'm math a bhith bruidhinn! B'e siud Bail' Mathàmathogair.

An Gille Gallta

An toiseach, bhiodh an gille a' dùsgadh ann am marbh na h-oidhche agus e a' sgiamhail. Dh'èireadh Ruairidh sa mhionaid, ged a bha a chnàmhan goirt, agus thogadh e an gille air a ghlùin - ga chlaparan 's a' tiormachadh an fhallais dheth gus am fàsadh e beagan na b'fhoiseile 's gu leigeadh e às an grèim bàis a bh' aige air a bhroilleach. Dhèanadh Ceiteag bainne teth dhan triùir aca is chuireadh i aodach tioram air leabaidh an fhir bhig. Gu dè a bha iad a' dol a dhèanamh, ge-ta? Am bruidhinneadh iad ris an dotair, no gu dè?

Ach leis cho foighidneach 's a bha iad anns na ciad sheachdainean sin, sguir an trom-laighe mean air mhean, is an eubhach is na deòir feadh na h-oidhche; is cha robh guth tuilleadh air dotair.

Nuair a bha an samhradh seachad is a dh'fhosgail an sgoil a-rithist, thòisich an gille air a dhol innte. Thachair Ruairidh ris an Robasdanach, am maighstir-sgoile, beagan às a dhèidh seo. Is ciamar a bha am fear beag a' dèanamh san sgoil?

O, glè mhath. Bha Miss MacLaren a' ràdh gu robh deagh cheann air 's gu robh e a' cur iongnaidh oirre cho luath 's a bha e a' togail na Gàidhlig o chàch. Bha Ruairidh air a dhòigh, 's bha a choltas sin air. "O, feumaidh sinn a bhith foighidneach ris greis fhathast, ge-ta," thuirt an Robasdanach. "Tha e gun seatlaigeadh dòigheil. Ach coma leat - chan fhad' thuige, chan fhad' thuige idir, a Ruairidh."

Bhiodh fadachd orra an còmhnaidh gus an tilleadh e às an sgoil, oir bhiodh e a' call a shuim air a rathad dhachaigh uaireannan, is dh'fheumadh Ruairidh falbh na choinneamh. Bu tric a gheibheadh e e thall sa Bhàgh Chuilc agus e às dèidh nan easgannan a bha fo na clachan am beul an t-sruthain an sin. Bhiodh a mhuilcheannan fliuch leis an t-sàl agus gainmheach air a sheacaid. "O, shìorraidh, tha thu air do ghànrachadh!" chanadh Ceiteag nuair a ruigeadh iad dhachaigh.

Bhiodh i a' dèanamh bloigh càinidh air an toiseach, ach thuig i gum b'fheàrr dhi leigeil leis agus uimhir annais aige dhe gach rud - na rudan sin nach fhac' e riamh chun a seo, is nach robh rim faighinn anns a' bhaile às an tàinig e.

Nuair a readh an gille fhèin a chadal, thigeadh tòrr na chuimhne. A mhàthair ga chur dhan leabaidh na rùm beag fhèin agus solais a' bhaile a' deàrrsadh air na ballaichean. O, bha an saoghal làn sholas nuair a bha e beag, beag. Solais dhe gach dath air na sràidean 's air an abhainn. Bhiodh e a' brùthadh a shròin ris an uinneig gan coimhead. "Dè tha siud?" chanadh e ri mhàthair, 's e a' faicinn sholas brèagha a' seòladh air an abhainn, 's a' cluinntinn ghuthan is ghàirean is chriomagan de cheòl a' tighinn bhàrr na h-aibhne.

"O, sin an t-aiseag a' dol a-null gu Birkenhead."

"Agus am fear ud?"

"O ... sin an t-aiseag eile a' tilleadh le feadhainn à Wallasey. Nis, a pheasain, air ais dhan leabaidh sin, no cha chaidil thu nochd."

"Am bi Dadaidh an seo a-màireach?"

"Cha bhi, a luaidh, ach chan fhad' thuige. Ceithir latha eile, no còig ma thèid maill orra. Bidh thu air do dhòigh an uair sin, a bhodaich bhig?" Agus dh'aithnicheadh e air guth a mhàthar cho math 's a bhiodh i fhèin air a dòigh ... pògan ... blàths ... is cofhartachd na leapa. Shìneadh e san leabaidh a' cuimhneachadh air athair a' tighinn dhachaigh is a bhaga làn de rudan iongantach - à duthchannan fada, fada, fad' às, bha athair a' ràdh, far am biodh am bàta aige a' tadhal. Thigeadh seòladairean eile chun an taighe cuideachd nuair a bhiodh athair aig an taigh. Chluinneadh e iad a' bruidhinn 's a' gàireachdraich an dèidh dha dhol a chadal, agus an còmhnaidh na solais - solais bhrèagha na h-oidhche a' dannsa air ballaichean an rùm aige. Thigeadh cràdh domhainn, deuchainneach na uchd nuair a chuimhnicheadh e air na solais agus mar a chaidh am mùchadh. Cha robh an uair sin san t-saoghal a-muigh ach dorchadas. Dorchadas agus, a h-uile h-oidhche, fuaim neònach nach cual' e riamh roimhe. Ràn grànda a' bha a' cur an eagail air daoine. Ruitheadh a h-uile duine nan deann sìos na staidhreachan gu cùl nan taighean is readh iad sìos fon talamh. Gnothach neònach nach robh e a' tuigsinn. Uaireannan bhiodh mouth-organ aig cuideigin agus bhiodh cuid a' gabhail òran fhad 's a bhiodh iad fon talamh. Ach chluinneadh tu turtar nam bomairean a dh'aindeoin sin, agus bhiodh fios agad gum biodh tòrr dhen bhaile air a leagail an làrna-mhàireach.

Sin mar a thòisich an t-àm sgreataidh. Sguir e a dh'fhaighneachd dha mhàthair carson a bha na bomairean a' cur às dhan bhaile 's a' marbhadh dhaoine. A' chiad turas a dh'fhaighneachd e, cha robh aice ri ràdh ach, "O ghaoil, aig sealbh tha brath, aig sealbh tha brath." Bhiodh a mhàthair a' faighinn litrichean o fheadhainn a bha fad' air falbh is nach fhac' esan riamh. Bha iad ag iarraidh oirre tilleadh dhachaigh, is bha seo a' dèanamh dragh dhi, bha e 'g aithneachadh oirre. Chual' e i ag innse seo do Mhàiri, tè a bhiodh a' tighinn dhan taigh aca.

Aon mhadainn dhùisg fuaim annasach e. Bha a mhàthair a' gul gu goirt sa chidsin nuair a chaidh e far an robh i. 'S e Màiri a dh'inns dha an latha sin beagan dhe na thachair: mar a ràinig bàta athar dhachaigh sàbhailte tarsainn a' chuain, 's mar a rinn iad an acarsaid dheth. Ach thàinig na bomairean, tràth air an oidhche, mun d'fhuair iad air tìr ...

Co-dhiù, bha màthair aige, 's cha bhiodh ise a' falbh uair sam bith. 'S e sin a shaoil e an uair sin - gus an tàinig oidhche an uabhais. Bha iad a' cèilidh air Màiri. Bhiodh iad ann na bu trice an uair iad, 's a mhàthair a' bruidhinn gun sgur mu dhol dhachaigh. An dreadh aice air an taigh a reic? Cò ghabhadh e, 's dè bha dol a dh'èirigh dhaibh, is siud is seo.

Bha iad air an rathad dhachaigh, 's i a' fàs anmoch, nuair a chual' iad an ràn. Bha cuimhn' aige air a mhàthair ga thogail na h-uchd 's a' ruith leis ... fear le fìdeig a' trod rithe 's a' ràdh nach robh còir aice bhith muigh mun tac' ud. Agus an uair sin an spreaghadh, mar bhuille san aodann, agus a chluasan cho goirt, cho goirt 's gur gann a chluinneadh e an saoghal a' dol bun-os-cionn mu cheann.

Bha e ann an àite dorcha nuair a dhùisg e, agus bha a sgòrnan lan dusd, ga thachdadh. Bha tè dhe làmhan 's cha b'urrainn dha a gluasad, oir bha clach throm air a muin. Ach shuath e a bhus leis an tèile, agus rudeigin blàth, fliuch a' dèanamh tachas na aodann. Nuair a dh'fhàs a shùilean na bu chleachdte ris an dorchadas, dh'aithnich e gur e muilcheann còta a mhàthar a bha timcheall air. Le toileachas, thionndaidh e mar a b'fheàrr a b'urrainn dha is dh'fhàisg e a làmh. Dh'fhairich e am fuachd a bh' innte agus cho marbh 's a bha na meòirean.

Thug e slaodadh oirre agus ghluais an làmh thuige on ghualainn, gualainn a' chuirp às an tàinig an fhuil a bh' air aodann. Cha robh e ach air na ciad sgiamhan oillteil a leigeil às nuair a chual' e guthan nam fireannach os a chionn.

Bha an t-earrach ud fuar, agus chuir e uimhireachd gu leòr air a' ghaoith, a' falbh 's a' tighinn às an sgoil anns an àite ùr anns an robh e nis. Ach bhiodh teine math roimhe nuair a ruigeadh e, agus bha blàths iongantach eile roimhe cuideachd, thug e an aire.

Agus dh'fhàs an t-sìde fhèin blàth mu dheireadh, agus nuair a dhùin an sgoil as t-samhradh cha biodh latha nach biodh e fhèin 's a sheanair a' falbh a dh'àiteigin. Bu toigh leis uabhasach a bhith 'g iasgach, gu h-àraid nuair a gheibheadh iad tòrr. "Fhuair mi barrachd air Ruairidh," thuirt e gu moiteil turas ri Seumas a' Chidhe.

"An d'fhuair gu dearbha?" arsa Seumas, 's e a' dèanamh gàire. "Ach, 's fheàrr dhut do sheanair a ghabhail air, seach 'Ruairidh'."

"Ceart gu leòr, ma-tha. Fhuair mi barrachd air mo sheanair." Rinn Seumas gàire eile.

"Cha chreid mi," thuirt a sheanair ris, latha bha siud, "nach teid mi fhìn 's tu fhèin a bhuain fhraoich a-màireach - bheir sinn a' gheòla a-mach gu Beinn an Fhuamhaire thall cùl a' ghrìopa. Fraoch gu leòr an sin - dè do bharail?"

Bha an ath latha brèagha agus dh'fhalbh iad tràth. "O, tha i ro shoilleir fhathast airson dorghach," thuirt Ruairidh, 's e a' tuigsinn dè bha am beachd an fhir bhig, "ach 's dòcha gu faigh sinn beagan iasgaich a dhèanamh nuair a thilleas sinn. Chì sinn. Ach an toiseach, am fraoch." Bha na seòlaidean is na h-eileanan fraoich brèagha aig àm sam bith, ach air latha grianach samhraidh bha iad snasail fhèin.

Dh'acraich iad a' gheòla ann am bàgh beag fasgach agus thòisich iad air dìreadh. Bha am fraoch a b'fheàrr 's bu tighe shuas pìos romhpa os cionn na laig a bha an cliathaich na beinne.

Nuair a ràinig iad iomall na laig, bha caora òg na seasamh gun ghluasad air an raon. "Shìorraidh, nach neònach nach eil i teicheadh," thuirt Ruairidh, "is caoraich na beinne sa cho sgeunach. Cha chreid mi fhìn dhan t-saoghal nach eil rudeigin fada ceàrr." Agus bha. Nuair a ghluais iad na b'fhaisge oirre, rinn a' chaora ceum no dhà bhuapa mar a dhèanadh duine dall nach robh cinnteach dè bha roimhe. "Dhia nan gràsan," arsa Ruairidh. "Seall thusa! ... An rud a tha slaodte rithe, 's e air tiormachadh sa ghrèin. Feumaidh g'eil lathaichean o thachair seo. O, an truaghan bochd!" Bha a' chaora air a tolladh sa chliathaich - obair fithich no iolaire, 's dòcha - agus bha còrr is deich troighean dhe caolain slaodte rithe air an fheur. Rug Ruairidh air adhairc oirre is thuig e dè dh'fhàg cho dall i. Far am bu chòir a dà shùil a bhith, bha slocan a bha beò le meanbh-chuileagan! Dh'fhairich e gaoir a' dol throimhe agus thionndaidh e aghaidh na caorach air falbh on ghille. Chuir e a làmh na phòcaid is thug e mach an sgian. Cho luath 's a thug e mach i, dh'eubh an gille, "Chan eil math dhut, chan eil math dhut! Na dèan idir e!"

"O, ghràidhein, nach eil i air gu leòr fhulang mu thràth, an creutair. 'S e a bhiodh ann ach tròcair. Tionndaidh thusa do chùlaibh, a laochain. Siuthad a-nis - cha bhi mi fada."

Agus cha robh e sin. Ach mun do rèitich e a chlòimh fo h-amhaich 's an do rinn e deiseil an sgian, thug e sùil mun cuairt agus e air a leamhachadh. Bha am bad anns an robh iad àlainn air leth, an latha buidhe, grianach agus àileadh an fhraoich cho cùbhraidh ... agus eadar a shlèisnean, beathach a' spriodail, ag iarraidh a bhith beò.

Ghlan e an sgian ann an cnap còinnich nuair a bha e deiseil, is thug e sùil air a' ghille. Bha a chùlaibh ris fhathast, ach chunnaic e gu robh e a' caoineadh gu goirt agus glugan cruaidhe ga chlaoidh. Chaidh Ruairidh air a ghlùinean ri thaobh is chuir e a làmh air. Thionndaidh an gille agus choimhead e air fhiaradh air briogais is brògan a sheanar.

Nuair a chunnaic e sùilean a' ghille a' fosgladh agus dreach an uabhais a' tighinn air, sheall Ruairidh e fhèin sìos air osain a bhriogais is air a bhrògan. Bha grìogagan de dh'fhuil na caorach orra, a' deàrrsadh dearg, deàlrach anns a' ghrèin. Tharraing e thuige an gille ri uchd, 's e ga chlaparan. "Isd, a bhodaich. Isd, isd. Chan eil cothrom air. Chan eil cothrom air." Cha robh an còrr a b'urrainn dha a ràdh ris. Mu dheireadh dh'fhàs an gille na b'fhoiseile agus sguir glug a' chaoinidh. Bha iad air thuar èirigh nan seasamh nuair a chual' iad am fuaim. Cha robh e ach ìseal an toiseach, ach bha e a' sìor thighinn na b'fhaisge. Dh'fhairich e com a' ghille a' teannachadh 's a' dol rag leis an eagal, agus tharraing e na bu dlùithe ri uchd e a-rithist. "Dè tha siud? Dè th' ann? Dè th' ann?" bha an gille ag eubhach, 's e a' coimhead air an clàr an aodainn.

Ach cha robh freagairt aig Ruairidh a bheireadh e dha. An e crith-thalmhainn a bha gus a bhith aca, no gu dè? Bha an t-adhar 's a' bheinn làn dhen fhuaim a-nis, agus bha crith - a bheag no mhòr dhith co-dhiù - san talamh fon casan.

Nuair a nochd a' chiad Spitfire - bha dhà ann dhiubh - os cionn mullach a' chnuic, cha chreideadh Ruairidh cho ìseal 's a bha i. A' smaoineachadh gum biodh i nuas air am muin, rug e air a' ghille is shad e air a bheul fodha air a' chnoc e, agus e fhèin ri thaobh às a dhèidh. Thog e a cheann nuair a bha an dara tè a' dol seachad os an cionn. Bha e iongantach a bhith faicinn cumadh mar siud a chunnaic e cho tric anns na pàipearan is ann an leabhraichean.

Bha na litrichean a bh' air na sgiathan os a chionn cho mòr is gur gann a chreideadh e iad, agus bha i cho ìseal 's gu fac' e an ola a bha 'g aoidion aiste 's a' spuaiceadh nan litrichean ann am badan. Bha am fuaim eagalach, is an talamh a' sìor dhol air chrith leis. Ach leis an astar a bh' aca cha b'fhada a mhair e. Dh'èirich Ruairidh na shuidhe, 's e gan coimhead à fianais seachad gualainn na beinne.

"O, bhugairean, a bhugairean a tha sibh ann!" dh'eubh e mus do chuimhnich e, "nach sibh a tha gun toinisg, buileach glan." Thòisich e air gàireachdraich, is e rudeigin nàrach gu robh uimhir a dh'eagal air mus do nochd iad.

"Mura bitheadh, 'ille, gu robh sinn anns an lag dhomhainn

a tha seo, bha sinn air am faicinn a' tighinn thugainn, 's cha bhiodh uimhir a dh'iongnadh oirnn."

Stad e, is thug e sùil air a' ghille.

Bha e na shuidhe gun diog às agus dath a' bhàis air.

Ach 's e am fiamh a bha na shùilean a chuir an t-uabhas buileach air Ruairidh.

"O Dhia nan gràsan," thuirt e fo anail. "Thugainn dhachaigh, 'ille."

Chum e grèim air làimh air fhad 's a bha iad a' cromadh.

Bha a' ghrian a' deàrrsadh, is an latha a' sìor fhàs bruthainneach. Bha iad sa gheòlaidh agus na ràimh aige sna bacan nuair a thug e an aire gu robh fuil na caorach fhathast air a bhrògan is air osain a bhriogais.

Cur As an t-Solais

"Na cùirtearan," dh'fhaighneachd an nurs, "an tarraing mi air ais iad?"
"Aidh, siuthad, ma-tha," thuirt Eòghainn, a ghuth sgìth, coma co-dhiù. "Leig a-staigh solas an latha, aon uair eile."
"Nis, a-nis," thuirt an nurs, a guth cho smiorail 's a b'urrainn dhi. "Coma leam dhen ghruaim sin a th' ort - cha dèan seo an gnothach idir, idir, a laochain."
"Nach dèan a-nis?" ars esan, agus thuig i nach robh dòigh an-diugh air a shunnd a thogail. Chuir i an t-ultach leabhraichean is an cupa tì air a' bhòrd bheag ri thaobh faisg air, agus dh'fhalbh i.

Bha an taigh sàmhach uair eile. Eòghainn leis fhèin a-rithist anns an t-sàmhchair na shuidhe aig ceann an t-sòbha. Cha chluinnte san taigh ach diogadaich a' ghleoc agus an cnead a bha a' tighinn à Eòghainn fhèin. Bha e cho tric ris a-nis 's nach robh e fhèin ga chluinntinn. A-muigh bha coileach bean Eàirdsidh a' gairm thall mun Bhota Ruadh agus bha cù Chaluim (dh'aithnicheadh e an comhart aige an àite sam bith) - bha esan a' donnalaich, ge 'r bith dè bha cur dragh air.

Shìn Eòghainn a-null agus rinn e grèim air a' phacaid 's air na maidseachan. Thug an oidhirp aonach air agus thainig cràdh eagalach na chruachan. Dh'fhairich e am fallas a' drùdhadh aodaich fo achlaisean agus a lèine tais mu dhruim. Ach ... bha cus aodaich air, 's cha ghabhadh an nurs a chomhairle ach a' stobadh a' gheansaidh mhòir ud air a h-uile latha ged nach robh e ga iarraidh.

"Ud, isd," chanadh i a h-uile madainn, "chan eil math dhut an cnatan a ghabhail. Tha thu cus nas dualtaiche cnatan fhaighinn nuair nach eil thu gluasad ro thric."

Ise 's a cnatan, shaoil Eòghainn, agus am fallas a' sìor

dhrùdhadh às. Mus tilleadh i nochd ga chuideachadh dhan leabaidh bhiodh àileadh lobh an fhallais às agus bhiodh e air a nàrachadh, esan a bha riamh ga chumail fhèin cho glan 's cho cùbhraidh 's a b'urrainn. Thug e sùil mun cuairt fhad 's a bha e a' smocadh. Cha bu mhisde an rùm peant is pàipear ùr air. Bha e air a dhreach a chall seach mar a bha e uaireigin, nuair a chuir e fhèin am peant 's am pàipear mu dheireadh air - doirbh 's gu robh e aig an àm agus an ragadh air tighinn dona na làmhan 's na chasan. Shaoil e an uair sin gun dreadh e am feabhas latheigin; gun dèanadh pileachan an dotair feum dha... Thug e thuige fear dhe na leabhraichean is thòisich e air leughadh.

Beagan an dèidh mheadhan-latha dh'fhosgail an doras is thàinig Peigi a-staigh. Bha i a' tighinn a-nall a h-uile latha a dhèanamh na dìnnearach dha. Cha robh i ann an triom mhath sam bith. Thog i an dà bhata às an rathad oirre is chuir i a-null air an dreasair iad. "An do ghluais thu idir às a sin on a dh'fhalbh an nurs? Obh, obh, ach 's e thusa 's an leughadh," ars ise agus i a' crathadh a cinn.

"O, tha thu ceart," ars Eòghainn, "dìomhanas eagalach a bhith leughadh mun taca sa latha, nuair a dh'fhaodainn a bhith glanadh an t-simileir, no a' sguabadh an taighe."

"Cha ruig thu leas a bhith cho magail," ars ise. "Nach b'fheàrr dhut cus gluasad beag a dhèanamh an dràsda 's a-rithist, doirbh 's gu bheil e?"

Cha tug e feairt air a seo, 's cha do dh'innis e dhi mun dà thriop a bha e sa bhathroom agus na thug na tursan sin às a chorp. Bha e air fàs eòlach air a phiuthair a-nis, 's a' tuigsinn na b'fheàrr gu dè bha ga dèanamh cho mì-shona agus cho speachach uaireannan. Cha b'urrainn dhi bhith a chaochladh, pòsda aig Eachann, le sguad chloinne. Ach bha latha eile ann nuair nach robh Peigi mar siud. Nuair a bha an athair 's am màthair beò agus Donnchadh aca aig muir. An toileachadh a dhèanadh e fhèin ri Donnchadh nuair a thigeadh e dhachaigh 's a bhaga làn de rudan annasach a cheannaich e thall thairis. Bhiodh iad a' bruidhinn an uair sin - O, gu dhà no trì uairean sa mhadainn, agus càch air a dhol a chadal - mu bhoireannaich, 's mu phoileataics, no dad sam bith eile a bhuaileadh nan ceann.

O, bha gach latha cho geal an uair sin, cho làn dòchais. Chuimhnich e air a' bhliadhna a dh'fhalbh e fhèin gu saoghal ùr, annasach; agus nuair bu mhotha a bhiodh cuideachadh a dhìth air, thigeadh litrichean o Dhonnchadh. Litrichean agus beagan airgid unnta. O, bha Donnchadh coibhneil riamh, coibhneil agus cuimhneachail.

Nam biodh e beò an-diugh, cha bhiodh esan buileach cho fior ònrachdanach, cho tur leis fhèin san taigh sa, a' leigeil le tinneas a neart 's a chridhe a dheoghal às, mean air mhean.

"Am bruich mi buntàta dhut?"

Cha chual' e idir an toiseach i. Bha e mìltean is bliadhnaichean air falbh, a' cuimhneachadh air Donnchadh.

"Buntàta? Siuthad, ma-tha, Peggotty - cuir air fear no dhà dhomh." Thug e an aire gun do stad i mar gur cuirte sgian innte. Bha bliadhnaichean on a thug e "Peggotty" oirre, ainm a bh' aca oirre nuair a bha iad a' dol dhan sgoil, 's am maighstir-sgoile an uair sin cho titheach air Dickens. Thug e an aire dha na fiamhan a thàinig air a h-aodann. Tlachd is toileachas an toiseach, agus an uair sin seòrsa de dh'eagal. Is ann a bha i a' guidhe ris gun fhacal a ràdh mu na seann làithean - nach b'urrainn dhi fhulang an dràsda, am measg na drip 's an uallaich a bha ga cuartachadh.

Peigi bhochd. Carson, a Dhia, nach tug e comhairle oirre nuair a bha i fhèin is Eachann a' suirghe? A liuthad uair a theab e rud a ràdh rithe. Ach cha b'e a ghnothach-san a bh' ann. Rud nach boin dhut, na boin dha.

Cha robh i ach air falbh nuair a dhìochuimhnich e gu tur mu deidhinn. Bha rud eile air aire. Bha e ag aithneachadh gu robh droch fheasgar air thoiseach air - bha a h-uile h-alt a bha na chorp ag innse sin dha. Shuidh e gun ghluasad agus e a' feitheamh.

Cinnteach gu leor, thòisich an teas, 's am pian anns na h-uilt. Dhinn e cromag a' bhata na bheul, agus chagain e am fiodh le fhiaclan nuair bu mhiosa a thigeadh an cràdh. Thàinig fallas troimhe. Dh'fhairich e air a mhalaidh e, 's gun cothrom aige air a shuathadh - uaireannan fuar, uaireannan teth, mar gum biodh fiabhras air. Shuidh e mar sin gun ghluasad cho fad' 's a b'urrainn dha, uile neart a' chridhe 's na h-inntinn a' cath an aghaidh a' chràidh oillteil. Mu dheireadh thuig e gur e fhèin a bha a' sgiamhail 's a' caoineadh. Thug e an aire gu robh a bheul fosgailte agus rolais às, agus am bata air tuiteam chun an ùrlair. Sheall e null air a' ghleoc, mar fhear air am biodh an deoch, 's e a' dèanamh a-mach na h-uarach air èiginn. Bha còrr is dà uair eile mus robh còir aige na pileachan a ghabhail. Ach rug e air a' bhotal agus chuir e ceithir dhiubh na bhois, a dhà uimhir 's a bu chòir dha a ghabhail còmhla. Shluig e iad, tè mu seach, gun uisge no dad eile. Ann an ceann leth-uair, thàinig beagan faothachaidh thuige agus dh'fhairich e e fhèin a' fàs cadalach.

An ceartuair dh'fheumadh e èirigh agus an solas a chur air, ach bha eagal air gluasad a dhèanamh mus tilleadh an cràdh uabhasach a-rithist.

"Agus co-dhiù, Eòghainn," chual' e a ghuth fhèin a' bruidhinn cruaidh am broinn an taighe, "carson a tha thu a' cumail an t-solais beò? Cuir às e! Cuir às e! Feumaidh tu a dhèanamh uaireigin. Chan eil a dhìth ort ach misneachd."

Bha am botal phileachan cha mhòr làn fhathast. A-nochd, nuair a dh'fhalbhadh an nurs, chuireadh e às an dà sholas - solas an dealain agus a sholas fhèin. Mura cuireadh, cha b'fhada gus am biodh Peigi is an nurs a' tighinn còmhla - ga bhiathadh le spàin, ga thogail, 's ga leagail, 's ga nighe; ga chumail beò le biadh is pileachan, agus e fhèin a' dùsgadh gu solas an latha gach madainn, sunndach an toiseach, làn dòchais, gus an dèanadh e a' chiad ghluasad san leabaidh 's an cuimhnicheadh e an seòrsa latha a bha roimhe.

Thàinig cianalas trom brùiteach air. Agus fearg. Carson a bha seo aige ri dhèanamh, esan a bha riamh cho titheach air a bhith beò? Ach a dh'aindeoin na feirge, bha e cinnteach a-nis nach robh dòigh a b'urrainn dha a sheachnadh. Bha an taigh air fàs fuar. Dh'èirich e, le deuchainn, agus rinn e null a chur coinnean ris an teine gas. Anns an dorchadas, cha tug e an aire dhan bhata a bh' air an ùrlar gus an do sheas e air. Dh'fhalbh a chas fodha agus thuit e gu trom. Bha cràdh na bhus far an do bhuail aodann ri cas an t-sèithir, agus dh'fhairich e duslach an ùrlair na bheul.

Thàinig deòir na shùilean leis a' chràdh 's leis an tàmailt, agus shin e greis far an robh e a' caoineadh gu socair san dorchadas. Ach stad e gu h-aithghearr nuair a chual' e fuaim nach do chòrd ris. Feumaidh gun do bhuail am bata, no a chas, no rudeigin, anns an tap nuair a thuit e. Bha fead aig a' ghas a-nis, agus bhiodh an taigh làn dheth ann am mionaid no dhà mura tionndaidheadh e dheth e! Ach bha e na shìneadh agus a chùlaibh ris an teine. Dh'fheuch e ri tionndadh, ach chuir an oidhirp uimhir de chràdh air fheadh is gun tàinig laigse air agus b'fheudar dha sgur. Bha e a' faireachdainn àileadh a' ghas cho làidir a-nis 's gun tug e casadaich air. Dhia nan gràsan, dh'fheumadh e ruighinn a-null thuige cho luath 's a b'urrainn! Lorg e am bata san dorchadas le làimh agus fhuair e a' chromag a chur mu chas an dreasair. Le uile neart, shlaod e e fhèin troigh no dhà air adhart, agus aig an dearbh àm fhuair e cothrom tionndadh. Oidhirp no dhà eile agus dh'fhairich e oir an teine fo làimh. Shìn e timcheall na h-oir gus an do laigh a mheòirean air a' phìob chaoil, agus chuir e dheth an tap. Stad fead a' ghas san spot agus bha an taigh sàmhach uair eile. Leag e a cheann air a mhuilchinn agus shuath e am fallas dheth fhèin, agus e a' dol fo smaointean.

    Gu dè a thug air a dhiùltadh, nuair a thàinig cothrom a' chadail bhuain thuige gun fhiadhachadh? An cleachdadh, no gu dè? Am b'urrainn dha - an robh e ceart dha, a-nis - an solas prìseil, ged nach robh ann ach biùg thruagh an-diugh, a chur às?

Air Feadh na Fìdhle

Bha an obair a bh' aice sa hotel a' còrdadh ri Flòraidh. Cha robh e furasda idir cosnadh fhaighinn a' bhliadhna ud a dh'fhàg i an sgoil, agus bha i fortanach gun do bhruidhinn Ciorstaidh Stiùbhart ris a' mhanaidsear tràth air an earrach. Nuair a chaidh i ann an toiseach, 's e Ciorstaidh fhèin an aon tè a b'aithne dhi a bha ag obair san àite. Ach cha robh i fada a' cur eòlas air càch, ge-ta. Leis na bha ri dhèanamh, bhiodh i sna rumannan, aig na bùird, anns a' bhàr agus gan cuideachadh sa chidsin uaireannan.

Bhiodh Hyslop, a' chef, a' cur dragh oirre an toiseach. Bha e glè neònach na dhòigh, agus dh'fheumadh i bhith glè fhaiceallach dè a chanadh i ris nuair a bhiodh e crosda, aimhreiteach dheth fhèin. Amannan eile, bhiodh e tìorail gu leòr. "Och, coma leat dheth," chanadh Ciorstaidh. "Siud mar a tha chefs co-dhiù. Seat iongantach. Tha gu leòr nas miosa na esan, an duine bochd."

"Bochd? Dè tha bochd mu dheidhinn?"

"Uill, bha Dòmhnall Ailig a' ràdh gur e tè dhoirbh, ghreannach a tha pòsd' aige. Mas e 'n fhìrinn a th' ann."

Mar a bha a' bhliadhna a' dol air adhart, is ann bu trainge a bha iad a' fàs. Taing dhan t-sealbh gu robh a' fòn aca aig an taigh. Bha i cho sgìth oidhcheannan nuair a sguireadh i is nach robh de lùths innte a chuireadh peann ri pàipear.

Dh'fhàs an t-àite trang buileach nuair a thàinig na "Bon-a-Chords" a chluich aig na cèilidhean a bhiodh aca a h-uile oidhche h-Aoine is oidhche Shatharna. Ceathrar le fidheall, bogsa, double-bass, bòdhran is na h-uimhir eile de dh'innealan.

Mu dheich uairean bhiodh iad a' stad 's a' gabhail biadh - is cha b'fhuilear dhaibh, on a bha iad a' cluich gu meadhan-oidhche, mar bu trice. Chaidh iarraidh air Flòraidh frithealadh dhaibh san lounge bhig, far am faigheadh iad cothrom a bhith leotha fhèin agus an dìol ithe. Bha seo a' còrdadh rithe na b'fheàrr na bhith a' ruith air ais 's air adhart le deoch fad na h-oidhche. Bhiodh sunnd math air na gillean mar bu trice, agus ged a chuir i uimhireachd an toiseach air cho dàna 's a bha iad is mar a bhiodh iad a' tarraing aiste, dh'fhàs i cleachdte ris.

Ach bha fear dhiubh - Chisholm, a bhiodh a' cluich air an double-bass - is cha robh dad aice mu dheidhinn a-muigh no mach. Bha e àrd, caol, gu math na bu shine na càch agus eagalach drabasda na chainnt. Nuair a bhiodh i a' sìneadh rudan thuca tarsainn a' bhùird, cha robh uair nach biodh a làmhan à dol far nach bu chòir dhaibh, is cha robh a bheul a' dùnadh. Ge 'r bith gu dè cho crosda 's a dh'fhàsadh i ris, cha sguireadh e dhen chosnadh. Fiù 's nuair a dh'iarradh càch air gun a bhith rithe mar siud, cha toireadh e feart. "O, bheir mi dìreach sgailc dha san lethcheann oidhcheigin," thuirt i ri Ciorstaig turas, 's i searbh dhe chuid obrach.

"Dhia, na dèan sin o na chunna tu riamh," ars ise, 's i air a h-uabhasachadh - "gheibh thu a' sack cho cinnteach ris a' bhàs ma thogas tu do làmh ris."

Gach oidhche a bhiodh i a' frithealadh dhaibh, 's ann bu mhotha a bha de ghràin aice air Chisholm. Nuair nach robh i a' faighinn cadail nuair a readh i dhan leabaidh, chuimhnicheadh i air a siud 's air a seo mu dheidhinn - na meòirean caola, fallasach agus crith annta an còmhnaidh, na fiaclan dubha a bha na cheann 's an samh a bha bhàrr na h-analach aige.

Aon oidhche, is gun iad ach air suidhe mun bhòrd, thàinig am manaidsear a-staigh na chabhaig. Dh'iarr e air Flòraidh falbh san spot agus am bàr ùr aig ceann an rùm bhig fhosgladh. Bha uimhir a-staigh 's nach dèanadh an aon bhàr an gnothach, bha e coltach. Shìn e dhi an iuchair. "Nuair a thèid thu staigh, tog a' haids. Tha sniob air gach taobh dhith aig a' bhonn," thuirt e.

Dh'fhalbh i na deann is dh'fhosgail i an doras. Thug i an aire gu feumadh i na h-innealan-ciùil a chur air falbh às an rathad mun tigeadh an sluagh a-staigh. Bha iad air an cruachadh air an ùrlar fo sgeilp a' bhàr far an do dh'fhàg na gillean iad. Cho luath 's a tharraing i an dà shniob thug i leum aiste, oir thuit a' haids a-mach bhuaipe. O, 's e saoir na mallachd! Cha robh iad air na bannan a chur oirre dòigheil mus do dh'fhalbh iad. B'ann an uair sin a chuimhnich i air na h-innealan! Ruith i timcheall is chunnaic i rud a chuir oillt oirre.

Bha oisean na haids air a dhol tron double-bass agus air biorain a dhèanamh dhith! Thall san doras bha Chisholm na sheasamh gun ghluasad agus càch cruinn air a chùlaibh. Chan fhac' i riamh roimhe fiamh mar siud air aodann duine. Bha e cho glas ri corp agus gun fhacal a' tighinn às, ged a bha a bheul is aodann a' gluasad gun sgur.

Chuidich càch e gu sèithear agus thòisich e air gul, is fuaim àrd, iongantach a' tighinn às a sgamhan.

Thàinig am manaidsear a-staigh agus thòisich e fhèin is na gillean air brunndail am measg a chèile. Chosg i na ceudan 's cha robh an trian dhith pàighte fhathast, chual' i iad a' ràdh. Cha robh fiù is àrachas pàighte aig Chisholm oirre, is dh'fheumadh e tilleadh dhachaigh is obair eile fhaighinn an àiteigin. Shealladh iad oirrese fon t-sùil an dràsda 's a-rithist, is i an tacsa ris a' bhalla, air chrith.

Ach ghabh am manaidsear a taobh sa mhionaid. Aig na saoir luideach a bha a' choire, thuirt e, agus co-dhiù, carson a bha Chisholm a' fàgail rud anns an robh uimhir a luach ann an cùil mar siud? Carson nach gabhadh e barrachd cùraim mura robh àrachas aige?

"Na dèan an còrr a-nochd, a Fhlòraidh, is tu sgìth gu leòr. Am b'fheàrr leat a dhol suas?" thuirt e. Ghnog i a ceann is dhìrich i dhan rùm aice. Shuidh i air iomall na leapa agus a' chrith innte fhathast. Chisholm truagh - carson a fhuair e a' bhuille bha siud? Bha i air a h-uabhasachadh nuair a chuimhnich i air a shùilean. Chuimhnich i an uair sin air an fheadhainn a chaidh a bhàthadh ann am Pagastan. Chunnaic i beagan dheth air an telebhisean - na cuirp air muin a chèile mar a dh'fhàg na tuiltean iad. Thuig i sa mhionaid sin fhèin gur e saoghal doirbh a bha air thoiseach oirre, saoghal a chruadhaicheadh a cridhe. Leis na bha a' tachairt dha na neochoirich, cha bhiodh cothrom air truas a ghabhail ri trusdair - an fheadhainn a b'fheumaiche air.

Sin Mar a Tha

Sguir Dòmhnall a dh'iomradh agus chuir e ràmh fo gach uilinn. Bha aonach eagalach air agus sruth fallais ga dhalladh. Chuir e a mhuilcheann ri mhalaidh is shuath e am fallas dheth fhèin. Ach dh'fhan e greis mhòr mar sin, crom os cionn nan ràmh, a' feitheamh ri faothachadh analach. Bha a bhroilleach goirt leis an aonaich, ach bu ghoirte an cràdh a bha an teis-meadhan a stamaig, agus thòisich e air stadhadh 's air dinneadh a mheòirean dhan bhad bu ghoirte - fasan a bh' aige o chionn greise a-nis. Leis mar a bha an sruth ga thulgadh agus leis an tuaineal a bha na cheann, dh'fhàs e trom, cadalach, agus laigh a shùil, mar sùil fir a bhiodh ag aisling, air cuairtean na geòla 's air an tuim a bha a' sluaisreadh gu socair o thaobh gu taobh fo na bùird.

Chaidh beagan ùine seachad mar sin, agus gluasad na geòla agus fuaim na mara air a sliasaid ga thàladh.

Shìos anns an deireadh rinn Fionn comhart iomagaineach agus, nuair a thog e a cheann 's a thàinig e thuige fhèin, thug e an aire gu robh sruth is gaoth air an togail a-mach is air an tilleadh pìos math air ais an taobh a thàinig iad. Thug e sùil thar a ghuailne air Eilean a' Choilich. Bha e corra bhuille ràimh bhuaithe fhathast. Gun an còrr dàile, thionndaidh e a deireadh dhan ghaoith agus rinn e air ais dhachaigh. 'S dòcha gu faigheadh e a-mach chun nan caorach a-màireach. 'S mura faigheadh, ma thogair. Cha robh a dhìth air an ceartuair ach deoch theth na chorp agus paidhir stocainnean tioram air a chasan, a bha bog fliuch sna bòtannan aoidionach.

Shìos an ear air Rubha an Fhèidh bha Ailean is Ruairidh a' gearradh aig oir na tuinne. Sheas iad greis a' coimhead Dhòmhnaill ag iomradh air ais chun a' phuirt. "Ach, a chiall, dè tha fa-near dhan duin' ud? Saoil dè thug air tilleadh?"

"O ... cò aig' tha brath," arsa Ruairidh, "ach bidh thu feitheamh greis mun inns am fear ud a ghnothach dhut, ge 'r bith dè 's coireach. 'S dòcha gun do smèid Oighrig air ais air. Gu dearbha, cha bu ruith ach leum agam fhìn nan smèideadh i ormsa!"

"O, nan cluinneadh Ceiteag an ceartuair thu, dhuine ... Saoil an tèid iad air ais a Dhùn Eideann?"

"O, bha a' bhruidhinn sin ann, ach chan eil fhios a'm fhìn. Bha e fhèin deònach gu leòr, chuala mi, ach 's e an rud a chanas ise a bhios a' dol, thèid mi 'n urras."

"A, uill, nam biodh leth an fhoghlaim a fhuair e agamsa, chan fhuirichinn-sa fada san àite sa. Chan eil fhios a'm dè tha gan cumail 's gun duine cloinn air thuar a bhith aca."

Nuair a cheangail Dòmhnall a' gheòla 's a dhìrich e null às am fianais cùl Chnoc an t-Sagairt, chrom iad air ais chun nan corran, oir bha toiseach lìonaidh san t-sròm. Mun do dhìrich e an leathad chun an rathaid, bha ceum Dhòmhnaill air fàs slaodach agus am fallas fuar air a mhalaidh a-rithist. Ach bha e am fianais nan taighean a-nis, is cha robh fios cò dh'fhaodadh a bhith aig uinneig, is mar sin cha robh e a' dol a stad gus an ruigeadh e dhachaigh.

Nuair a sheall e tron uinneig-chinn san dol seachad, thug e an aire gu robh braidseal math aig Oighrig air. Ach nuair a dh'fheuch e an doras, bha e glaiste. Chaidh e timcheall chun an dorais-chùil. Bha an aona rud roimhe an sin. Sheas e greis aig ceann an taighe far an robh beagan fasgaidh, agus e a' tuigsinn leis an toinneamh 's an teannachadh a bha a mhionach a' dèanamh gu robh còrr is toiseach na feirge air.

Ghabh e ceum a-null gu taigh Mhurchaidh. Cha robh a-staigh ach Beileag 's an dithis bheaga.

"An do dh'fhàg Oighrig an iuchair agad?"

"A shìorraidh, cha do dh'fhàg. Chunnaic mi falbh i gun teagamh. Bha mi muigh aig na cearcan aig an àm. Bha mi dìreach a' ràdh rium fhìn, ' 'S ann gu banais no Bingo a bhios i siud a' dol.' Bha i cho spaideil, 'ios agad. Ach tha Oighrig cho sgiobalta an còmhnaidh co-dhiù - 's buidhe dhi gu deimhinne, 's i cho seang 's cho snog. Chan ionann sin 's mi fhìn, a Dhòmhnaill, 's mi uimhir ri ceann taighe an sheo - dè do bheachd, eh? Thug mi 'n aire gun teagamh gur e aodach na Sàbaid a bh' oirre. 'S cinnteach gur ann dhan chafaidh a chaidh i. Nach tric innt' i, dè?"

B'e a' 'chafaidh' a theireadh Beileag agus mòran eile ris an taigh-bhìdh mhòr ùr a chaidh a thogail thall aig a' chidhe, ged a bha ainm - *Am Fasgadh* - sgrìobhte àrd air a' bhalla ann an litrichean mòra neon a chitheadh an luchd-turais nuair a thigeadh iad bhàrr a' bhàta. Bhiodh Oighrig ag obair ann tric air an t-samhradh. Bha i ainmeil airson còcaireachd agus bhiodh Ramsay, am fear mòr Gallta a bha an ceann gnothaich, an còmhnaidh ga h-iarraidh nuair a bhiodh iad trang le luchd-turais.

"Ach chan eil iad trang thall an sin mun taca sa bhliadhna?" Thug Beileag sùil neònach air nuair a thuirt e sin, agus ge 'r bith dè a bha i a' dol a ràdh, cha deach i air adhart leis.

"Dèan suidhe, dèan suidhe," ars ise, agus thuig Dòmhnall nach robh cothrom diùltaidh gu bhith aige.

"Suidh thusa agus nì mise strùpag, 's tu air do lathadh, a dhuine. Dh'fhaodadh Oighrig a bhith greis mhath fhathast, 's tha e a cheart cho math dhut do gharadh a dhèanamh far a bheil thu." Cha robh tì a rinn Beileag riamh nach robh cho searbh ris a' chuilc 's cho dubh ris an teàrr, ach cha do chuir e cùl idir rithe nuair a thàinig i. Thug e pacaid às a phòcaid agus las e siogarait.

"Tha thu cho trom orra 's a bha thu riamh," arsa Beileag. "Bha dùil a'm nach robh iad math do dh'fhear aig an robh droch stamag."

"Chan eil iad math do dh'fhear sam bith, tha mi cinnteach. Ach tha uaireannan a bheir iad faothachadh."

"Faothachadh dha d'stamaig, an e?"

"O, chan e, chan e ... do rudan eile."

Ach mun do thàrr Beileag "rudan eile" a ràdh, chunnaic a' chlann Oighrig a' tilleadh. Chaidh Dòmhnall a-null agus ràinig iad ceann an taighe còmhla.

"Ach càit an robh thu, 's gu dè thug ort an doras a ghlasadh?"

Dh'aithnich e air a bus nach robh i air a dòigh. "Bha mi thall aig a' chidhe air ghnothach - an ainm an Aigh, na bi a' sgalthartaich, no cluinnidh leth a' bhaile thu. Bha mi thall air ghnothach, 's cha robh mi dol a dh'fhàgail an taighe gun ghlasadh fad na h-ùine sin."

"Cha duirt thu dad mu dheidhinn aig àm dìnnearach."

"Cha duirt thu fhèin gum biodh tu air ais mun taca sa. Bha dùil a'm gu robh thu a' dol a shealltainn ri na caoraich san eilean. Mura bheil thu suas ri beagan iomraidh a dhèanamh, tha e cho math dhut an leaba a thoirt ort."

"Och ... an ainm an Aigh ..."

"O, 's e thusa 's 'An ainm an Aigh', ach 's ann agamsa a bhios an dragh mura gabh thusa aire ort fhèin. Theirg nad shìneadh greiseag co-dhiù, 's na bi cho rag. Nì mise bainne teth - cha toigh leam an tuar a th' ort idir, idir."

Shuidh Dòmhnall aig an teine fhad 's a bha Oighrig trang sa chidsin. Cha robh fhios aige fhathast gu dè a chuir on taigh i, no càit an robh i, agus cha leigeadh an t-eagal leis faighneachd a-nis. Bha fhios aige glè mhath gun teannadh an trod nam faighneachdadh e dad dhi nach robh i deònach innse, is mar sin dh'fhan e sàmhach. Ach mas ann thall san *Fhasgadh* a bha i, carson an deamhain nach canadh i sin? Bu tric a bhiodh i a' bruidhinn air Ramsay, ach b'ann ga dhubh-chàineadh. Cha robh fios aic' idir, bhiodh i a' ràdh, ciamar a sheasadh an t-àite ud fhad 's a bhiodh esan an ceann gnothaich. Cha robh diù idir aige na obair. Cha robh e a' ceannach stuth dòigheil; cha b'aithne dha mòran mu dheidhinn deasachadh bìdh. 'S na dhèidh sin, ma-tha, bha i deònach gu leòr a bhith ag obair ann a h-uile cothrom a gheibheadh i.

'S ann an uair a bha e ag òl a' bhainne agus a bha Oighrig a-muigh aig na h-anartan a thàinig an smaoin thuige an toiseach. Chuir e a-null an cupa mus tuiteadh e às a dhòrn, leis mar a thòisich a làmhan air a dhol air chrith. Nach b'e an t-amadan luideach, dall gun toinisg e, nach do thuig o chionn fada! Nach bu bheag an t-iongnadh gun tug Beileag sùil neònach air! I fhèin agus Ramsay. Bu chinnteach gu robh fios aig a h-uile duine sa bhaile air a-nis. Chan fhòghnadh ach seo, is esan a' smaoineachadh nach b'urrainn an còrr bristeadh-cridhe a bhith a dh'fheitheamh air.

Chaidh e suas an staidhre nuair a chual' e a' tighinn i, is e 'g eubhach às a dhèidh, "Tha mi eagalach sgìth. Cha chreid mi nach dèan mi norrag chadail."

"Ceart, ma-tha," dh'eubh i suas ris. "Cuir an cuibhrige tartain mu d'uachdar."

An làrna-mhàireach, cho luath 's a chaidh Oighrig dha na bùithtean, chuir e air a dheise agus an còta ùr is thug e airgead às a' bhogsa a bha sa chlòsaid. Nan glacadh e am banca, far an togadh e tuilleadh, thàrradh e am bàta mu seòladh i aig meadhan-latha.

B'e Eòghainn, an Sgalpach, a bha sa bhanca.

"Nach tu tha spaideil, a Dhòmhnaill. 'N ann a' falbh air turas a tha thu?"

"O, chan ann - tha mi dol a-null an iar a phàigheadh chunntaisean. Feuch dhomh leth-cheud, Eòghainn." Bha am peann aige dheiseil. Ach sheas Eòghainn greis far an robh e.

"Chan eil mi idir cinnteach an urrainn dhuinn, a Dhòmhnaill - fuirich gu 'n toir mi sùil."

Tha an duine às a rian, shaoil Dòmhnall ris fhèin fhad 's a bha Eòghainn a' rannsachadh: tha na ceudan againn - na chuir sinn mu seach an Dùn Eideann agus an dìleab on uair sin. Sin aon ghainne nach robh oirnn o chionn greis. Dè idir a bha fa-near dha?

"Uill, a Dhòmhnaill, tha dìreach beagan a bharrachd air an leth-cheud ann gun teagamh. Cha robh dùil againn, 'ios agad, gum biodh an còrr a dhìth oirbh an dèidh na thug Oighrig às an latha roimhe."

"O, seadh, seadh. O, mar sin, nì dà fhichead fhèin an gnothach." Chaidh aige air am peann a chur ris a' bhileig, ged a bha a mhionach a' toinneamh agus a cheann na thuaineal. Cha b'e idir an t-airgead - bha e coma airson sin - ach an dòigh shuarach air an tug i leatha e. Chuir e na notaichean na phòcaid agus chaidh e a-mach.

Bha am bàta fhathast gun fhalbh. Thug e ceum cabhagach às, ach cha do thàrr e a dhol fada nuair a bhuail an cràdh e san àite àbhaisteach. Bha e cho dona 's gum b'fheudar dha seasamh. Ach ged a shuath e am bad gun sgur, cha tàinig faothachadh, agus mun do thuig e dè bha tachairt bha e air a ghlùinean air an rathad. Dh'fhairich e laige a' tighinn air, a' deoghal an lùiths às a chnàmhan agus ga bhrùthadh chun na sràide. B'e comhartaich a' choin an rud mu dheireadh air an robh cuimhn' aige.

Nuair a thàinig e thuige fhèin bha a shùilean goirt, is cho lag is gur gann a b'urrainn dha am fosgladh. Bha cràdh annasach cuideachd na mhaodail, mar gum biodh e air breab fhaighinn sa mhionach. Bha a' ghrian a' deàrrsadh air cuibhrige geal na leapa, is chluinneadh e brunndail bruidhne thall 's a-bhos.

B'ann an uair sin a thuig e gur ann an ospadal a bha e; agus, mean air mhean, a chuimhnich e a liuthad uair eile roimhe seo a dh'fhosgail e a shùil airson mionaid no dhà ach nach do leig an cadal is an laige leis a bhith fada na dhùisg. B'e an ath rud a chual' e coiseachd chabhagach a' tighinn an taobh a bha e, agus ann an tiotan bha Oighrig ri thaobh agus i a' bruidhinn 's a' bruidhinn gun sgur. Bha grèim aice air làimh air agus i a' slìobadh 's a' fàsgadh caol a dhùirn. Dh'fheuch e gu dìcheallach ri èisdeachd, ach cha robh e ga cluinntinn dòigheil. Ann an tiotan laigh an cadal gu trom air ais air 's cha robh aithne aige air a' chòrr.

An ath uair a dhùisg e, bha e a' faireachdainn mòran na b'fheàrr, agus thuig e gu robh e air adhartas math a dhèanamh. Bha e tràth sa mhadainn, oir cha b'e solas na grèine ach solas an dealain a bha a' fàgail a shùilean goirt an turas seo. Gabh e beagan dhen bhiadh a chaidh a thabhann dha agus chaidh aige air facal no dhà còmhraidh a dhèanamh ris an nurs a chuidich e. B'ann an dèidh sin a chuimhnich e air Oighrig, agus bha e taingeil gu robh pàipear-naidheachd faisg air làimh ris an cuireadh e aire. Thog e e is rinn e bloigh leughaidh air, oir cha robh de lùths ann na smaoinicheadh air a' chòrr.

Thàinig i beagan an dèidh sin, i fhèin agus Ramsay. 'S i a bha air a dòigh, a rèir choltais, i cho toilichte gu robh e a' fàs na b'fheàrr - gu robh an t-uallach seachad a-nis, 's gum biodh a h-uile dad ceart gu leòr.

"Siuthad," ars ise an uair sin ri Ramsay, "inns an naidheachd dha! Saoil dè chanas e, ge-ta?"

Dh'èisd Dòmhnall fhad 's a bha Ramsay a' bruidhinn. An toiseach cha robh e a' dèanamh bun no bàrr dheth. Bha a' Bheurla aige cho luath 's cho doirbh a leantainn, agus bha greis mus do thuig e na bha e ag innse dha.

"Nach eil sin glan, a Dhòmhnaill?" bha Oighrig ag eubhach.

"Smaoinich thusa - mu dheireadh thall! 'S beag a bha dh'fhios agad an là ud a thill thu às an eilean gu dè bha fa-near dhomh. Gun teagamh, chan eil againn ach lease dheth. Ach smaoinich thusa - 's ann leinne a tha *Am Fasgadh*, a Dhòmhnaill!"
"Oighrig," arsa Dòmhnall, "dè mu Dhùn Eideann?"
"Och, coma de Dhùn Eideann. Na cluinneam an còrr mu dheidhinn. Tha rud nas fheàrr againn an seo na gheibheamaid an Dùn Eideann. Dad thus' ort, a Dhòmhnaill, gus am faigh thusa do neart air ais, agus chì iad dè nì sinne leis an *Fhasgadh*. Bidh am fear sa ann an Lunnainn an uair sin; chan eil an t-àite sa a' còrdadh ris idir. Cumaidh sinne barrachd chaorach is chearcan, is cha ruig sinn a leas an ceannach o chàch. Chì thusa, a laochain - nì *Am Fasgadh* prothaid nach do rinn e riamh roimhe. Thèid mis' an urras."

Fhad 's a bha Oighrig a' ràdh seo, bha Dòmhnall a' cuimhneachadh air eubh nan trìlleachan 's nam bòdhag shìos aig oir a' mhachaire, nuair a shìn e fhèin 's i fhèin sa mhuran is iad a' suirghe. Cuin o Dhia a bha seo? Linntean is linntean o 'n-diugh. Thòisich na deòir air ruith às a shùilean, a' fliuchadh na cluasaig.

Thug Oighrig sùil air Ramsay.
"O, tha 'n truaghan cho lag an dèidh na h-obairèisean," ars ise ris anns a' Bheurla. "Chan eil math dhuinn a bhith ga shàrachadh."

Pìoban gun Ribheid

*I*s sinne na tosdaich, 's na dèan tàir' oirnn
ged a sheasamaid sàmhach
air raoin, no ri iomall cuain,
gun cheòl air ar siubhal, no lasadh subhachais nar sùil,
mar eòin balbh aig bristeadh latha
nach gluais gu ceilearadh
a dh'aindeoin eireachdas maidne.
Cha do thuig sinn na uair gura leathainn a' bheàrn
eadar smaoin agus aithris
's gun tèid an t-anam tro dhorsan nach fhosgail ar cainnt.
Mur eil an solas cho boillsgeach
no am fuaran cho blasda
's a bha e nuair a bha 'n saoghal òg,
carson, nuair a dh'fhaodte,
nach do rinn sinn an oidhirp
air am bealach a leum
's ar ceum a thoirt suas
gu na mullaich?
Ma chuireas am bàs
an car tràth san iuchair
is bàrdachd glaiste nar cridhe,
sinn fhìn as coireach.

Is Trom an t-Eallach

Aon fheasgar Di-sathairne-toiseach an earraich seo chaidh, cha chreid mi nach ann a bh' ann - bha mo cheann, tha cuimhn' a'm, eagalach goirt agus bha mi a' fàs an-fhoiseil eadar na ballachan. Shad mi orm mo chòta mòr, on a bha ciubhrach uisge ann, agus thog mi mach a ghabhail cuairt. Bha mi coingeis cò an taobh a rachainn - cha robh a dhìth orm ach faothachadh fhaighinn on cheann ghoirt - ach on a bha an cù agam (agus is esan a bh' air a dhòigh), smaoinich mi gun togainn orm a-mach air a' chùl-chinn.

Co-dhiù, cha robh mi fada a-null an rathad mòr nuair a chunnaic mi Seumas Theàrlaich a' tighinn a-mach à taigh Alasdair. Dh'fhuirich e gus an do rug mi air agus ghabh sinn ceum a-null còmhla. Bha e a' dol a choiseachd dhan Bhail' Iochdrach, thuirt e, agus nuair a chuala mi sin leig mi às mo cheann a dhol suas am monadh agus dh'fhalbh mi cuide ris.

Is fìor thoigh leam fhìn Seumas, oir chan eil dad fon ghrèin air an toir e iomradh nach toir e annas às, agus - an rud as docha leam mu dheidhinn - mura còrd do bharail ris, innsidh e sin dhut gun dàil sam bith.

Chan eil cuimhn' a'm an dràsda cò mu dheidhinn a bha sinn a' bruidhinn aig an àm, ach tha cuimhn' a'm gu dearbha air an fhear a thachair oirnn. Thàinig e oirnn caran aithghearr; bha ar cinn rudeigin crom is sinn a' coiseachd an aghaidh na gaoithe, ach ghabh mi iongnadh dhen duine sa mhionaid.

San dol seachad, chuir Seumas facal beag fàilte air. Thug esan sùil oirnn, agus nuair a dh'aithnich e Seumas rinn e snodha beag gàire - eagalach aithghearr - agus chùm e air aghaidh. Chuir a dhreach, 's a dhòigh 's a ghiùlain, nam chuimhne bàta a bhiodh iomrall ann an cuan coimheach gun stiùir, gun sgiobadh. Ged a bha siubhal gu leòr na chasan, thoirinn mu mhionnan nach robh dad beò na chorp ach an dà shùil iongantach ud anns an robh an lasadh neònach, mì-nàdarra.

"Gu sealladh orm," thuirt mi. "Cò bha siud? An e taibhs a chuir an dreach ud air?"

"Dh'fhaodadh gur e," arsa Seumas, 's e a' coimhead orm gu dìreach san dà shùil.

"Ach cò e?" arsa mise.

"O, fear às an àite seo fhèin," arsa Seumas, "às an fhearann àrd; seo a' chiad bhliadhna a bha e dhachaigh o chionn ùine mhòir. Chan aithne dhut e - bha esan air falbh bliadhnaichean mun tàinig thusa an seo."

Agus le sin cha duirt Seumas an còrr, rud a chuir iongnadh orm. Ach cha duirt mi diog. An ceann greiseig, thionndaidh e rium agus thuirt e, "Tha a dhìth ort faighinn a-mach mu dheidhinn, nach eil?"

"Bhithinn glè neònach mura bitheadh," arsa mise. "Dè th' agad ri innse?"

Thug mi an aire an uair sin gur ann a bha coltas na feirge air Seumas. "Bheil cuimhn' agad," ars esan, "an oidhche roimhe nuair a bha sinn a' bruidhinn mu dheidhinn gaoil agus a thuirt thusa mòran ris nach aontaichinn?"

"Tha," arsa mise.

"Tha cuimhn' a'm gun do rinn thu luaidh mhòr air cumhachd a' ghaoil - cumhachd o Nèamh, 's e a thuirt thu bh' ann - agus cho tur eireachdail 's a bha a thoradh am measg dhaoine. Uill, chan eil fhios a'm mun eireachdas, 'ille. Chan eil fhios a'm idir. Bha barrachd tuigse 's a th'agadsa aig an tè a thuirt gun tigeadh 'trì nithean gun iarraidh - an t-eagal, an t-eudach 's an gaol'. Nis, nan canadh tè a bha an trom-ghaol nach robh iarraidh aic' air, feumaidh nach robh a suidheachadh a' còrdadh ro mhath rithe - dè? Ach, co-dhiù, 'ille, gu mo sgeul ...

"Fuirich ort, a-nis: bhithinn-sa aona bliadhna deug no dusan - rudeigin mar sin, co-dhiù - nuair a bha Calum Aonghais Bhàin a' falbh le Mairead, nighean òg às a' bhaile sin shìos, agus bha iad, mar a tha gu leòr a bharrachd orra, deònach pòsadh cho luath 's a b'urrainn dhaibh. Ach cha leigte seo leotha, a laochain. Bha pàrantan Chaluim eagalach fada an aghaidh a' ghnothaich. Cha robh an dithis ach òg, 'eil fhios agad.

"Co-dhiù, chaidh gnothaichean air adhart mar sin fad greis, caran riaslach, ach latha dhe na lathaichean theich an dithis òg - Calum agus Mairead. Theich iad a dh'Obar-Dheathain, a bhalaich. Cha leigeadh an t-eagal leotha a dhol a Ghlaschu cuide ri càirdean, oir chluinneadh Aonghas Bàn sgeul orra ann an tiotan agus bhiodh e mach às an dèidh a chur bacadh orra. Ghabh iad loidseadh co-dhiù, agus e nam beachd gu faigheadh Calum obair 's gum biodh aca na dh'fhòghnadh dhaibh airson pòsadh ann am mìos no dhà - cha robh iad a' dol a dh'fhuireach na b'fhaide na sin.

"Ach cha robh, a dhuine, an obair cho furasda a lorg aig an àm ud, agus bha am beagan airgid a bh' aca a' fàs glè ghann. Mu dheireadh, chaidh Calum a chur a-mach às an taigh-loidsidh san robh e. Cha robh sgillinn aige an dèidh cunntais a phàigheadh dhan tè aig an robh Mairead a' fuireach. B'fheudar dhan duine cadal fhaighinn an uair sin ann an àiteachan bu neònaiche na chèile - mar bu trice a-muigh air an dùthaich ann an sabhal air choreigin, no am broinn bhusachan a bhiodh nan laighe a-muigh air an oidhche.

"Agus feadh an latha bha e a' siubhal 's a' siubhal a' lorg obrach. Mu dheireadh b'e Mairead a fhuair obair - a' cutadh èisg shìos aig a' mhargadh. Ach aon latha prìseil fhuair e fhèin obair - aig tuathanach a ghabh truas ris, oir bha aodach a-nis air fàs gu math piullach, stiallach, agus tuar na gainne air a pheirceall. Nis, bha fios aig Calum nach robh cinnt sam bith gu maireadh an obair ach fad an fhoghair, ach bu mhath siud fhèin ann an àm na h-èiginn. Thugadh sùil a-rithist ris an latha air am faigheadh iad pòsadh. Le cuideachadh beag on fhreasdal, rachadh aca air a dh'aithghearrachd.

"Ach, an ceann greise, thòisich Calum air faireachdainn lag, mì-shunndach, cho lag 's nach b'urrainn dha obair a dhèanamh iomadach latha; agus bha fìor eagal air nach gleidheadh e an obair mòran na b'fhaide. Is mura gleidheadh ... Bha cràdh cunbhalach na mhionach agus tuaineal na cheann, agus gu math tric fallas na laige air a mhalaidh. Cha robh fhios aige air thalamh dè bh' air idir.

"Nis, bha fhios aig Mairead gu robh tè às an aon eilean rithe ann an Obar-Dheathain - gu dearbh, bha càirdeas fad' às eadar an dithis aca. B'e seo Seonag Uilleim Ghranndaidh, ban-dotair òg, agus boireannach laghach, dreachmhor a rèir choltais. Bha taigh mòr brèagha aig Seonaig ann an ceann shuas a' bhaile agus, on a bha iad nan èiginn, thuirt Mairead gur cinnteach gun gabhadh i truas riutha 's gun toireadh i comhairle dhaibh an asgaidh mu dheidhinn tinneas Chaluim co-dhiù.

"Cha robh Calum airson seo idir, idir, ach dh'fhalbh iad co-dhiù far an robh a' bhan-dotair. Agus, a dhuine bhochd, thug i sin aoigheachd air leth dhaibh agus chan fhòghnadh ach gun tigeadh iad le chèile a dh'fhuireach cuide rithe gus am biodh Calum slàn, dòigheil a-rithist. Thuig i gu dè bh' air agus, mar a thubhairt i, bha e an làn-uair gabhail ris. Dh'fheumadh e fois agus biadh àraidh agus pileachan gun an còrr dàil.

"Thog seo eallach trom bhàrr an dà dhìol-dèirce, agus dh'aontaich iad fuireach. An dèidh na dh'fhuiling iad de ghainne 's de dhroch càradh fad còrr is bliadhna, cha chuireadh iad cùl ri aoigheachd is cofhartachd, a laochain. Ach rinn Mairead aon chùmhnanta - gun cumadh ise air obair agus gum pàigheadh i na b'urrainn dhi do Sheonaig airson eiridinn Chaluim agus airson gach coibhneis eile a bha iad a' faighinn. Rinneadh aonta air a sin fhèin, ma-tha, agus leis gach cùram is cofhartachd a bha e faighinn, thàinig Calum air adhart gu math.

"Co-dhiù, an dèidh ùine, 's ann a bha Mairead a' fàs an-fhoiseil agus caran mì-shona. Bha an tàmailt oirre tighinn air ais gach feasgar agus àileadh an èisg aiste dhan taigh mhòr, chùbhraidh a bha seo; agus cha robh coltas gu robh cabhag sam bith air Calum an imprig a dhèanamh, ged a bha e nis fallain gu leòr airson obair a ghabhail os làimh.

"Ach an oidhche bha seo, co-dhiù, agus an triùir aca a-staigh, thòisich Calum gu starcach, nàrach air innse dhi mar a bha. Dh'fheuch e ri innse mar a bha e fhèin is Seonag ann an trom-ghaol, is nach deach aca air a' chuing fhuasgladh. Bha iad le chèile ag iarraidh mathanas oirre. Ach siud mar a bha agus cha robh dol às ann.

"A dhuine bhochd, chaidh Mairead às a rian nuair a chual' i seo! Dhòirt às a beul an dubh-mhallachadh a b'uabhasaiche a chual' iad riamh. Dh'èisd an dithis eile agus oillt orra a' cluinntinn nan nithean a ghuidh i a thachradh dhaibh. Nach biodh sonas, no beatha bhuan, no àl, no cùisghàire am feasd aca. Agus mòran de rudan oillteil eile. Cha b'urrainn a h-aon aca casg a chur oirre - bha iad lag leis an eagal 's leis an iomagain. Chruinnich Mairead an sin fhèin na bhoineadh dhi agus thug i a casan leatha.

"Uill, cha ruig mi a leas innse dhut, a dhuine, gun do chuir seo droch sgleò air sonas Chaluim is Seonaig. Reic iad an taigh cho luath 's a b'urrainn dhaibh agus rinn iad air Sasainn, far an do phòs iad am measg choigreach dha nach b'aithne iad, no dad mun deidhinn.

"Cha robh iad fada pòsda, ge-ta, nuair a thachair rud no dhà a thug Mairead nan cuimhne, agus an oidhche uabhasach ud ann an Obar-Dheathain. Chaidh a' chiad taigh aca na theine beagan an dèidh dhaibh a dhol ann. Greis an dèidh sin, bhrist Calum a chas, agus aon latha eile chaidh fìor shàbhaladh orra le chèile. Dh'fhalbh an roth-thoisich dhen chàr anns an robh iad a' siubhal agus chaidh car dheth. Ach fhuair iad os cionn sin ceart gu leòr - 's iad a fhuair; agus nuair a smaoinicheadh tu air, bha sreath de thubaistean mar seo a' tachairt do mhòran a bharrachd orrasan.

"Ach bha clisgeadh eagalach orra nuair a dh'fhàs Seonag trom le leanabh. Dh'ùraich seo dhaibh na rudan cianail a ghuidh Mairead dhan naoidhean a bhiodh aca. Ach, a dhuine, dh'aindeoin uallaich, thàinig an leanabh gu dòigheil agus gun strì. Cò nach dèan gàirdeachas ri leanabh, 'ille, ach bha iad siud toilichte air leth. Bha an gille slàn, làidir, na bhodhaig 's na inntinn. Tha mi cinnteach gun do chuir a theachd fuadach air an eagal mhòr a bha turtraich mu dhoras-cùil an inntinn.

"An ceann na bliadhna bha an gille beag seo air choiseachd agus a thàlantan gu pailt aige, agus bha Calum is Seonag cho sona 's a b'urrainn dhaibh a bhith.

"Ach dh'fhàs Seonag meadhanach, eagalach meadhanach, greis an dèidh seo. Thugadh dhan ospadal i le fiabhrasinntinn agus cha robh mòran dùil rithe, tha e coltach. Ach fhuair i os a chionn, a laochain - 's i fhuair. Thàinig i air adhart gu mìorbhaileach agus bha i air ais slàn ann an tiotan. Thuirt na dotairean ri Calum nach ruigeadh e a leas uallach sam bith a bhith air mu deidhinn tuilleadh. 'S cha robh sin air. Ach cha b'urrainn dha gun toirt an aire gu robh i a' fàs tuilleadh is cùramach mun fhear bheag. Gun teagamh, bha an gille meadhanach o àm gu àm, ach cha robh air ach cnatan is rudan mar sin. Ach an creideadh a mhàthair sin? Cha b'fhada gus an robh i a' ràdh gu robh an aon tinneas gu bhith air 's a bh' oirre fhèin. Cha ghabhadh seo cur às a ceann. Bha i cinnteach dhith fhèin gun cailleadh i e. Bha Calum a' strì 's a' deasbad rithe, ach cha robh eòlas no sgil dotaireachd aige mar a bh' aicese, agus gu dè b'urrainn dha a ràdh rithe ach gu robh i às a ciall, rud a bha nis a' fàs nochdte gu leòr?

"Thàinig e dhachaigh aon latha fuar geamhraidh agus an sneachda air an talamh. Cha robh duine a-staigh roimhe. Leum e mach 's a chridhe ga thachdadh, agus shiubhail e na sràidean gan iarraidh. Shiubhail is shiubhail e gach òirleach dhen bhaile. Mu dheireadh, san dorchadas, fhuair e a bhean na suidhe air suidheachan ann am pàirce, 's i caoineadh 's a' caoineadh 's i 'g altram a' ghille bhig, a bh' air thuar toirt thairis leis an fhuachd 's leis an acras.

"Ghiùlain e dhachaigh iad ann an tagsaidh gu blàths is fois a shàbhail beò iad. Ach dh'aithnich Calum an oidhch'ud nach biodh Seonag slàn na h-inntinn tuilleadh. Bha Seonag, a roghnaich e thar gach tè eile a chunnaic e riamh, fada bhuaithe a-nis.

"Mar sin, cha do shil e deòir no dad mar sin an latha a chuireadh fios thuige 's e aig obair. Rinn e air a dhachaigh, ged nach robh dad ann a b'urrainn dha fhèin no do dhuine sam bith a dhèanamh tuilleadh. Bha Seonag is am fear beag marbh ann an taigh làn gas mun do ghabh na nàbaidhean amharas air gu dè bha i ris. Dè am feum a dhèanadh deòir dha, a dhuine? Dè am feum a nì iad do dhuine sam bith nuair a thachras a leithid sin? Cha dèan thu an gnothach gun aoibhneas, a laochain. Mura dèan thu aoibhneas à rudeigin, chan eil reusan a bhith beò.

" 'S e sin a dh'fhoghain do Chalum. Nuair a thìodhlaic e a bhean 's a mhac, gu dè bh' air fhàgail aige? Bha gaol aige air a bhean a bha smaoineachail, tha e coltach."

Stad Seumas a bhruidhinn an uair sin, ach cha b'urrainn dhomh dad a ràdh ris car greise. Cha ruiginn a leas fhaighneachd an e Calum Aonghais Bhàin a chaidh seachad oirnn air an rathad. Ach bha ceist eile a' cur dragh orm.

"Tha mi faicinn," arsa Seumas, "gu bheil thu air bhiodachas fhaighneachd mu dheidhinn Maireid agus a bheil seansa gun tachair i fhèin is Calum. Uill, cha tachair - tha Mairead thall thairis. Dh'fhalbh i an-uiridh - tha mi cinnteach gur e sin a dh'fhàg esan a-staigh am bliadhna. B'fheudar dhi falbh, a dhuine. Cha ghabhadh duine gnothach ri banabhuidseach mar a bha daoine a' dèanamh a-mach a bh' innte. Ach canadh iad na thogras iad, cha robh dad ceàrr air Mairead. Ach bha gu leòr ceàrr air mar a thachair am freasdal rithe. Co-dhiù, bha greis a bha i ri deoch is mì-rian mar sin. Tha mi cinnteach gu robh a cogais ga dìteadh. Ach thainig i thuice fhèin mu dheireadh agus thog i oirre a-null thairis. Ma gheibh i beagan sonais ann an sin, cha chuir i cùl ris, tha mi creidsinn.

"Agus Calum. Chan eil e fhathast dà fhichead, agus 's e mo bharail-sa nach bi e fada beò. Chan eil moran spionnaidh air fhàgail ann.

"Seadh, ma-tha, 'ille: siud agad e. Chual' thu gu leòr mu ghaol, ach càit a bheil an t-eireachdas?"

Shaoil leam gum b'fheàrr dhomh gun an còrr a ràdh ris.

Seachdain a' Phòsaidh

A' mhadainn ud bha coitheanal mòr san eaglais agus, mar as àbhaist, bha adhbhar air leth aig gach neach a bhith an làthair. 'S e sin ri ràdh, bha còtaichean ùra air cuid dhe na mnathan; bha latha math grianach ann; cha robh am ministear ach air ùr-thighinn dhan àite is daoine gun an t-annas a thoirt as; agus, an rud bu chudthromaiche, bhathar ag eubhach dithis òg eadar an robh gealladh pòsaidh.

Nis, ann am baile beag mar a bha Aird na h-Eireig, 's e rud tlachdmhor inntinneach a bh' ann am pòsadh; agus, mar a thuigear, cha chuirte cùl ri banais uair sam bith. Agus bha am pòsadh seo, eadar Màiri Anna Ghilleasbaig Sheumais agus Niall Dhùghaill Mhòir, a' cur toileachas air a h-uile duine. Bha Niall na ghille calma, dreachmhor, dìcheallach, agus bha meas air thall 's a-bhos. Agus bha Màiri Anna ... uill, "bha i bòidheach 's bha i laghach," mar a bha Cairistìona Chaimbeul, agus bha meas aig gach neach oirre fhèin.

"Tha iad cho freagarrach air a chèile 's a ghabhadh iad a bhith," thuirt na cailleachan.

"Tha, tha iad freagarrach air a chèile gun teagamh," thuirt na bodaich.

Nuair a sgaoil a' choinneamh an là ud fhèin, bha grunnan math dhaoine mun cuairt dhiubh, is iad a' tabhann an deagh dhùrachdan dhaibh. Agus moiteil 's gu robh na leannain, bha a cheart uimhir de mhoit air na pàrantan. Bha iad an siud - Dùghall is Gilleasbaig, Sìne bean Dhùghaill is Catrìona bean Ghilleasbaig - agus facal cothromach aca ris gach duine.

Ach, a charaid, thàinig madainn Di-luain - 's ma thàinig, thàinig facal no dhà nach robh buileach cho cothromach. Bha còrr is cola-deug on a bha a' bhean an sàs ann an Dùghall an t-eathar a thearradh, agus thuirt i rithe fhèin, "Mura tèid mi na bhad sa mhionaid, bidh a' bhanais oirnn aig deireadh na seachdain, agus chan eil fhios cuin a thèid a tearradh." Na bhad gun deach i, ma-ta, agus thug i dha gu dubh e. Mu dheireadh thall, rug Dùghall air a' chrogan thearradh agus sìos a ghabh e far an robh an t-eathar air a beul foidhpe air an fheur os cionn a' phuirt. Bha e gu math cèigeil, oir-feumar aideachadh - bha rud beag dhen leisge an crochadh ri Dùghall, agus co-dhiù bha an latha fuar, anabarrach fuar, is gaoth theann on iar-dheas a' bualadh air a' phort.

Nis, air an làimh eile, bha Gilleasbaig na dheagh chosnaiche. Ma bha esan beag, cha robh buige a' bontainn ris, agus cho luath 's a chunnaic e an athais mhath a bh' ann, cha do rinn e dàil, ach 's ann a thòisich e air grèidheadh beagan arbhair a lobh air san t-sabhal air a' gheamhradh. Thagh e na sguaban bu mhiosa, agus thug e a-mach gu ceann an t-sabhail iad far an dèanadh a' ghaoth fhuar earraich beagan tiormachaidh orra. Mu dheireadh, leis mar a lobh an t-arbhar, b'fheudar dha mòran dhe na sguaban a chur an tacsa ris a' bhalla agus shuas air tughadh na bàthcha.

Shìos air a' phort bha Dùghall còir trang a' tearradh. Cha robh e air a dhòigh idir, idir - gu seachd àraidh nuair a thòisich sòp is sràilean beag an siud 's an seo air nochdadh anns an teàrr air druim an eathair. Thòisich e air an spìonadh às, ach cho luath 's a bheireadh e sop air falbh bhiodh dhà no trì eile na aite, gus mu dheireadh an robh druim an eathair cho feusagach ri seann chreig, meòirean Dhùghaill làn tearradh, fhuil làn corraich agus a sheanchas làn fhaclan-uill, faclan nach bu chòir dha a chleachdadh eadhon shìos air a' phort.

Ach an seo thug e sùil agus chunnaic e an àird às an robh na sopan a' tighinn, agus iad a' sìor thighinn! "Cha dèan seo an gnothach," ars esan, agus suas a ghabh e far an robh Gilleasbaig.

Nis, bha Dùghall socair, reusanta na dhòigh, is cha b'fhiosrach le duine gun duirt e facal am feirg ri neach riamh; ach co-dhiù a b'ann leis cho fuar 's cho mì-thlachdmhor 's a bha an latha, no leis mar a chàin a bhean e, bhruidhinn e gu math cas ri Gilleasbaig. Dh'eubh e suas ris air an tobhtaidh gun dèanadh esan siud is seo ri chuid sguaban groda mura toireadh e an aire gu dè bha e ris. Stad Gilleasbaig agus tè dhe na sguaban bu ghroide aige na làimh is e a' coimhead sìos air Dùghall.

Nis, tha cuid a their gur e an Droch Spiorad as coireach ris, ach co-dhiù no co-dheth, thig corra uair ann am beatha gach duine nuair a nì e, ann am priobadh na sùla, rud a tha tur annasach dha a dhèanamh, gun mhòran smaoin no mothachaidh a chleachdadh. Ann am beatha Ghilleasbaig Sheumais Bhig 'Ic Sheumais bha an uair seo air teachd. Bha e an siud is sguab lobh na làimh, agus Dùghall Mòr fodha a' steòrladh 's a' cur nam both dheth. Fad mionaid bhig, bhìodaich sheas e gun ghluasad, mar gum biodh a chogais a' strì ris a' bhuaireadh seo a bha fa chomhair. Ach cha b'fhada gus an deach an latha leis a' bhuaireadh, agus mun tàrradh tu "Dòmhnall an Dannsair" a ràdh, tharraing e an sguab air Dùghall mu tholl na cluaise!

Sheas Dùghall an siud 's gun fhios aige o na rionnagan ruadha gu dè a dhèanadh e. Nan togradh e, bha e air Gilleasbaig a mhurt - bha de neart na bhodhaig na dhèanadh sin is còrr. Ach bha barrachd is corraich air Dùghall. 'S e a bha seo ach rud ùr, rud gu tur iongantach, agus cha robh e a' tuigsinn idir, idir. Chuir an t-iongnadh, mar gum bitheadh, snaidhm air a theangaidh, agus sheas e greis gun diog a ràdh agus fearg is iongnadh - an dà chuid còmhla - nochdte air a bhathais. Mu dheireadh thuirt e, "Amadain! Amadain! ... Gum bu tusa sin an t-amadan." Cha deach aige air an còrr a ràdh, agus le sin thionndaidh e air a shàil sìos chun a' phuirt.

Nis, 's dòcha nach robh an còrr air a bhith mu dheidhinn seo ach, socair is mall chum feirg 's gu robh Dùghall, bha àileadh na sguaibe groide a' sìor chrochadh ri chuinnleanan agus a h-uile dad a bh' ann ag obrachadh air.

Cha d'fhuair an duine bochd mòran cadail an oidhch' ud. Dh'èirich e, mar sin, mòran na bu tràithe na b'àbhaist dha air madainn an làrna-mhàireach. Bha madainn ghrinn ann, gun aon àileadh gaoithe, agus dealt trom air na h-iomairean. Chaidh e timcheall gu ceann an taighe, agus aig a' cheart àm thug e an aire do Ghilleasbaig is e crom anns a' chruaich-mhònadh ag iarraidh ultach chaoran a thogadh an teine dha.

Nis, mas e an Droch-fhear as coireach, bha e gu math

trang an t-seachdain a bha siud, oir bha Dùghall a-nis agus buaireadh fa chomhair. Cha do stad esan eadhon mionaid. Bhrùchd an nàire 's an fhearg suas ann agus a-null a ghabh e air a chorra-biod. Bha Gilleasbaig trang a' cruinneachadh nan caoran, 's cha chuala 's cha do dh'fhairich e dad gus an do rug Dùghall air chùl amhaich air! "A bheil thu cho bragail an-diugh 's a bha thu 'n-dè? Bheil?" Cha do dh'èisd am fear mòr ri freagairt, ach dh'fhàisg e aodann Ghilleasbaig bhochd anns an smùr mhònadh trì no ceithir a dh'uairean co-dhiù, agus a h-uile h-uair bha an smùr (is an dealt air brochan a dhèanamh dheth) a' greimeachadh ri beul 's ri sròin an duine bhig. Nuair a bha e an impis a thachdadh, leig Dùghall às e agus chaidh e air ais gu a thaigh fhèin.

Bha gnothaichean a-nis, mar gun canadh tu, bun-os-cionn, an ceòl air feadh na fìdhle agus a h-uile nì a bh' ann an Taigh Iain Ghròt - oir chunnacas seo a' tachairt! Bha fios aig a h-uile duine a-nis cò a thug na sgròbagan do Dhùghall an-dè - agus, a bhròinein bhochd, fhuair na mnathan aca a-mach mu dheidhinn.

Obh, obh, a charaid, masa searbh a' ghlòir nach fhaodar a h-èisdeachd, bha gu leòr an siud de ghlòir a bha annasach air leth. Rinn an dithis a bha siud de dh'eubhach, 's de chàineadh, 's de sgainneal, na bheireadh ruthadh air gruaidh sam bith. Ma bha buille-theangann air leth comasach aig Catrìona bean Ghilleasbaig, bha comas-labhairt aig Sìne bean Dhùghaill a bha sgràthail buileach glan. Agus cha b'iad nan ònrachd. Fad Dhi-màirt 's Dhi-ciadain cha do sguir a' bhruidhinn. Cuid an aghaidh Ghilleasbaig a chionn 's gum b'e bu lugha, 's gum b'e athair Màiri Anna. Cuid a' ràdh nach robh an Dùghall ach an dearg bhurraidh, cuid a' ràdh gum b'airidh Gilleasbaig air na fhuair e, 's mar sin air adhart.

Ach a dh'aindeoin gach truaighe, feumar àiteach a dhèanamh na àm fhèin, agus mar sin chaidh mi null cuairt do Chùl Airigh air feasgar Di-ciadain a dh'iarraidh sìol buntàta. Thadhail mi air Ciorstaidh Bhàn (chuir a bràthair buntàta uabhasach math thuice à Arainn an-uiridh), agus cho luath 's a nochd mo shròn a-staigh thòisich an ceasnachadh.

"Ach gu dè an seòrsa baile a th'agaibh shìos an sin idir?

Nach e Aird na h-Eireig a th' air a dhol bhuaithe, ge-ta? Daoine air a dhol às an rian, tha mi cluinntinn, 's iad ag ithe a chèile - smaoinich thusa! 'S tha iad a' ràdh nach dèanar bhanais dheth am feasd, Màiri Anna is Niall Mòr air a dhol far a chèile."

"A bheil?" arsa mise. "Is gu dè thàinig eatarra?"

"O, nach tusa tha cearbach, ge-ta - chan eil fhios agad air dad! O, rudeigin a thuirt Niall rithe mu dheidhinn rud a thuirt a màthair mu dheidhinn athar. Co-dhiù, thòisich Màiri Anna ri rànaich, tha e coltach, is thuirt Niall mura sguireadh i a bhurralaich gun toireadh esan an taigh air, is thuirt ise gur bochd gun do dh'fhag e an taigh o thoiseach, mas ann a chàineadh a màthar a thàinig e. 'S le sin thug Niall an taigh air, 's chan fhaca Màiri Anna bhochd on uair sin e. Obh, obh - ach am baile a tha siud agaibh thall!"

"Gu dearbha," arsa Anna Bheag (O, bha ise san làrach cuideachd - cha bhiodh nì ceart mura biodh ise ann) - "gu dearbha," ars ise, "'s ann a chuala mise gun do theab aimhreit mhòr a bhith san Star Bar a-raoir. Rinn Rob piullachan òrain, tha e coltach, do Ghilleasbaig 's do Dhùghall. Bha e uabhasach math, tha iad a' ràdh, ach nuair a ghabh e a-raoir e, bha dithis no triùir de ghillean na h-Airde san èisdeachd is iad thall ag iarraidh deoch bainnse, agus nach ann a mhaoidh iad air Rob 's thuirt iad nan gabhadh e fiù 's ceathramh eile dheth nach dèanadh e òran eile ri mhaireann."

Cha do dh'fhuirich mise mòran na b'fhaide an dèidh sin. Dh'iarr mi mo leisgeul a ghabhail is thog mi orm dhachaigh.

Nis, b'e a-màireach Diardaoin, agus cha robh fios aig duine co-dhiù a bhiodh banais sa bhaile Di-haoine no nach bitheadh. Ach mun do chiar am feasgar sin fhèin, thug am freasdal làmh sa ghnothach.

Tha e coltach gu robh Gilleasbaig thall sa phàirce air cùl na h-eaglais, agus san tilleadh dha thug e an aire do rudeigin deàlrach air an làr. Nuair a chrom e 's a sheall e, gu dè a bh' aige ach pìob-thombaca cho eireachdail 's a chunnaic e riamh. Pìob chrom a bh'ann, 's i dhen òmar a b'fheàrr agus bann airgid oirre, a laochain! Seo pìob Dhùghaill - a' phìob luachmhor nach tigeadh à seotal na ciste ach air Latha Sàbaid. Bha còrr is còig bliadhna deug on a thug a bhràthair thuige à Aimeireaga i. Nach bu neònach a-nis nach tug e iomradh gun do chaill e i? Tha fios math gun do dh'ionndrain e i. Feumaidh gur ann Latha na Sàbaid seo chaidh a chaill e i, 's leis na thachair on uair sin cha d'fhuair e cothrom faighneachd do neach. Gu dearbha, bha dara leth a' bhaile nach leigeadh an cothrom leis bruidhinn riutha.

Chaidh Gilleasbaig dhachaigh air a shocair is e a' smaoineachadh. Bha an gille beag aig a' chruaich nuair a ràinig e agus dh'eubh e air. "Thalla a-null far a bheil Dùghall, 's thoir dha siud. Abair ris gur ann aig an eaglais a fhuair mi i. Agus greas ort dhachaigh."

An ceann mionaid no dhà, cò a nochd a-nall air fhiaradh ach Dùghall - e a' coimhead rudeigin monaiseach, gun teagamh sam bith, ach nuair a ràinig e Gilleasbaig thuirt e, "Tapadh leat airson a' phìob a chur thugam. Cha robh fhios a'm gu dè dhèanainn - cha robh aon phìob cheart agam airson oidhche na bainnse."

Thainig snodha gàire air aodann Ghilleasbaig. "Tha banais gu bhith ann, mar sin, a dh'aindeoin gnothaich?"

"Gu dearbha, tha!" arsa Dùghall.

"Nis ..." arsa Gilleasbaig, "on a tha thu bhos, nach fhuirich thu ri drama? Feumaidh sinn misneachd, 'eil fhios agad, mus bruidhinn sinn ri na mnathan."

Mòrag

Bha i dhà dheug air fhichead mus do phòs i, Mòrag seo, agus fad ochd bliadhna bha i fhèin is Tormod gun teaghlach. Ach mu dheireadh thall, bha sin aca. Rugadh Eòghainn dhà no trì sheachdainean ron Bhliadhn' Uir, a' bhliadhna a bha Mòrag dà fhichead. Gille tapaidh, fallain a bh' ann cuideachd.
Nuair a bha e greis san sgoil, thuirt an tidsear riutha gu robh deagh cheann air agus gu robh e dìcheallach. Nan cumadh e mar sin, bha a h-uile coltas gun dèanadh e rudeigin le sgoil. Thuirt i cuideachd gu robh cluas-chiùil air leth math aig Eòghainn, is gum biodh tidsear a' tighinn timcheall nan sgoiltean an ath bhliadhna a dh'ionnsachadh fìdhlearachd dhan chloinn. Saoil an robh fidheall ri faighinn an iasad an àite sam bith - am b'aithne dhaibh duine, oir 's e fìor chall a bhiodh ann mura faigheadh Eòghainn cothrom an fhidheall ionnsachadh?
"Chan fhaigh no iasad," thuirt Mòrag ri Tormod, am feasgar sin. "Gheibh e tè dha fhèin, tè ùr."
"Nach ann ort a tha a' chabhag," bha Tormod a' ràdh. "Chan eil e ach ochd, cuimhnich." Bha uallach air mun airgead. Chosgadh fidheall ùr cuid mhath, 's gun mòran aca. Ach 's e an rud a bh' ann, chuir Mòrag clò mòr air a' bheairt is bha i ag obair air a dh'oidhche 's a latha. Nuair a bha e deiseil chuir i air falbh e, agus le airgead a' chlò fhuaireadh an fhidheall.
Nuair a dh'fhalbh Eòghainn dhan àrd-sgoil, bha e sna h-Army Cadets. Bhiodh e a' pìobaireachd, ach b'ann air pìob a bha an iasad o chuideigin eile. "Cha dèan seo an gnothach," thuirt Mòrag. "Feumaidh e pìob fhaighinn dha fhèin."
"Dhèanadh tè bheag - half-set - an gnothach," bha Tormod a' ràdh.
"Cha dèan no half-set," arsa Mòrag. "Gheibh e tè dhòigheil

- nach eil e sìor fhàs? Chan fhada gus am bi sia troighean ann." Chuir i fios gu poileasman a bha càirdeach dhi ann an Glaschu. Pìobaire a bh' ann fhèin, agus bhiodh fhios aigesan càit am faighte deagh phìob a fhreagradh air Eòghainn. Is cha b'e a' phìob an aon rud a fhuaireadh le airgead a' chlò. Nuair a thigeadh Eòghainn dhachaigh o àm gu àm, chunnacas gur e an t-aodach a b'fheàrr is a bu chosgaile a bhiodh air. Cha robh Mòrag riamh cho math air a dòigh. Bhiodh an gille a' pìobaireachd aig dannsaichean 's aig cèilidhean nuair a bhiodh e staigh, agus aig àm nan Geamaichean a' togail dhuaisean. Rinn e math san sgoil cuideachd. Cha b'e gu robh fìor eanchainn aige, ach bha e stòlda 's bha e dìcheallach, mar a bha e riamh.

Agus, a shamhradh 's a gheamhradh, bhiodh Mòrag ag obair air a' chlò. Bha e cho math gu robh - b'e sin an t-aon airgead a bha a' tighinn a-staigh orra gu cunbhalach. An dràsda 's a-rithist gheibheadh Tormod obair, shìos mun chidhe no aig an rathad mhòr, ach cha b'fhada a mhaireadh sin - dhà no trì mhìosan air a' char a b'fhaide. Bhiodh Mòrag a' nighe gach clò nuair a bhiodh e deiseil shìos anns an abhainn aig bonn Loch an Eireannaich, ga bhogadh 's ga fhàsgadh tioram le bioran maide, leis am biodh i ga thoinneamh gus am falbhadh na boinneachan mu dheireadh às. Bhiodh i a' dèanamh seo a dh'aindeoin cho fuar 's a bhiodh an t-sìde. Ged a bhiodh deigh air an locha, bhiodh Mòrag an siud a' nighe 's a' fàsgadh a' chlò.

B'iomadh uair a thachair Seasaidh Ruairidh rithe, nuair a bhiodh i a' tilleadh on abhainn 's an clò aice ann am basgaid air a cruachan. "Nach tu fhèin, a Mhòrag, a tha calma," chanadh Seasaidh. "A' nighe clò a-muigh ri sìde mar seo - chan eil fhios a'm ciamar idir nach eil thu air do lathadh."

"Och, uill, feumar beagan a chosnadh air dhòigheigin."

"Feuch, ge-ta," chanadh Seasaidh, "nach eil thu a' dèanamh cus dhan ghille sin. Tha mi 'n dòchas gum bi e math dhuibh nuair a bhios e fhèin a' cosnadh."

"Chan fhad' thuige, tha sinn an dòchas," chanadh Mòrag.

An samhradh mus deach Eòghainn a Ghlaschu, bhiodh Mòrag a' ràdh ris an fheadhainn a thachradh rithe, "Aidh, bidh Eòghainn againne a' falbh toiseach October dhan University, a thoirt a-mach MA."

Rinn e fìor mhath a' chiad bhliadhna. Ach an dara bliadhna dh'fhaillich Moral Philosophy is Political Economy air. Dh'fheumadh e tilleadh tràth air ais a Ghlaschu agus 're-sits' aige ri shuidhe. B'e sin a' bhliadhna a chaochail athair - gu math aithghearr, le chridhe. Nuair a thàinig Eòghainn dhachaigh chun an tìodhlacaidh, thug daoine an aire gu robh e a' smocadh is gun do ghabh e barrachd uisge-beatha 's a bha iomchaidh aig àm mar siud. Agus bha tuar rudeigin piullach coma co-dhiù air an duine nach do chleachd a bhith air roimhe. "Ach, bidh e ceart gu leòr," thuirt cuid. "Tha fios gun tug bàs athar buille eagalach dha, an creutair."

Nuair a thill e a Ghlaschu cha deach e air ais dhan Oilthigh idir airson na treas bliadhna. Ghabh e obair ann an oifis. Cha do chòrd seo ri Mòraig an toiseach, ach on a bhiodh e fhèin a' cosnadh a-nis cha ruigeadh ise a leas a bhith cho dripeil a' dèanamh chlòithntean 's a' cur airgid thuige. Nach robh i gus a bhith trì fichead a-nis? Bha i a' fàs sgìth, gu math tric air a claoidh le obair na croite 's na beairt. Agus - an rud bu duilghe dhi - bha ragadh air tighinn na làmhan. Ragadh goirt a bheireadh deòir na sùilean nuair a bhiodh i a' ceangal a brògan sa mhadainn. Bha na h-uilt air at gu mòr, air fas nan cnapan cruaidhe, agus fiaradh annasach air tighinn anns na corragan. "Sin agadsa," bha Seasaidh Ruairidh a' ràdh, "a liuthad latha fuar a bha iad am bogadh agad san abhainn. Thalla, a chreutair, chun an dotair, feuch an urrainn dha dad a dhèanamh dhut."

Ach cha robh mòran a b'urrainn dhan dotair a dhèanamh ach pileachan a thoirt dhi a ghabhadh i nuair bu mhiosa a bha an cràdh. Bha uimhir de thoinneamh na corragan a-nis, bha an gnothach aig ìre nach gabhadh leasachadh le pileachan sam bith. Ach nam biodh i deònach obair èisean fhaighinn, thuirt an dotair, chuireadh e air falbh dhan bhaile i.

Ach cha robh. Chumadh i dol mar a b'fheàrr a b'urrainn dhi. 'S ann glè ainneamh a bha i a' cluinntinn o Eòghainn a-nis. Cha robh e ag obair feadh an latha an dràsda idir, ach air an oidhche ann an còmhlan-ciùil. Agus bha e fhèin is dithis eile air lease a ghabhail de thalla mhòr air choreigin. Bha rudeigin ris an canadh iad 'Bingo' na chur-seachad aig muinntir nam bailtean a-nis. Cha robh i a' tuigsinn ro mhath mu dheidhinn. A rèir choltais, bhiodh daoine a' pàigheadh airson tighinn a-staigh mar gum biodh tu a' pàigheadh gus a dhol gu dannsa. Bha Eòghainn cinnteach, ged a bha tòrr aige fhèin is aig an dithis eile ri phàigheadh ann am màl, gun dèanadh iad airgead math às a' ghnothach fhathast.

Sgrìobh i air ais thuige uair no dhà, a' leigeil fhaicinn dha gu robh i an dòchas gun toireadh e an aire dha fhèin is nach milleadh e a shlàinte ag obair air an oidhche mar siud. Thug i tarraing an dràsda 's a-rithist air cho goirt 's a bha a làmhan air fàs, ach cha duirt i cus air eagal 's gun cuireadh i uallach air. Ach bha an toinneamh na meòirean a' sìor fhàs dona. Bha e doirbh dhi greimeachadh air forc no air spàinn, doirbh nuair a bhiodh putain rin dùnadh, doirbh obair-taighe sam bith a dhèanamh. Ach chaidh aice air an geamhradh a chur seachad leatha fhèin gun a bhith an taing duine sam bith.

Bha fhios aig Seasaidh Ruairidh gur ann riaslach a bha i, ge-ta. Bha an dotair a' tuigsinn sin cuideachd, agus air an ath earrach fhuaireadh àite dhi an Dùn Fhionnlaigh, seòrsa de dh'ospadal beag, brèagha a chuir a' Chomhairle air leth do sheann daoine is do chiùrrtaich mar a bha i fhèin. Agus bha Mòrag sona gu leòr air dòigh. Bha am frithealadh is an coibhneas a fhuair i a' còrdadh rithe. Ach bha mìosan is mìosan on a sgrìobh Eòghainn, is cha robh fhios air thalamh ciamar a bha a' dol dha. Agus o nach robh dad aice ri dhèanamh a-nis, bha i fhèin ag ionndrain Thormoid gu h-uabhasach. Ionndrain a bha na shàrachadh-na bhristeadh-cridhe, dìreach.

Mu dheireadh thall, cola-deug ron Nollaig, thàinig litir o Eòghainn. 'S ann chun an taighe a chuir e i - cha robh fios aige gu robh a mhàthair far an robh i a-nis. Co-dhiù, cha b'e an naidheachd a b'fheàrr a bh' aige. Bha e gann a dh'airgead. Cha do dh'iarr e cuideachadh bhuaipe idir, ach dh'aithnicheadh tu air gu robh leth-dhùil aige ris. 'S e an rud a bh' ann gun tug an dithis eile a char às gu tur. Theich iad le airgead a' Bhingo is dh'fhàg iad fiachan aigesan rim pàigheadh. 'S e saoghal uabhasach a bh' ann nuair nach b'urrainn dhut earbsa a chur ann an duine sam bith.

Beagan às dèidh seo, thainig Seonaidh Dhòmhnaill Hearaich dhachaigh airson na Bliadhn' Uire. Bha esan ag obair ann an Glaschu agus bhiodh e uaireannan a' tachairt ri Eòghainn. 'S e an naidheachd a bh' aig Seonaidh gu robh Eòghainn air pòsadh. Tè à Glaschu. Cha b'aithne dha idir cò i.

Chan eil fhios cò a dh'inns seo do Mhòraig, ach fhuair i a-mach e mu dheireadh thall agus chuir e dragh oirre. Nach iongantach gun do phòs e agus a rèir choltais gun sgillinn ruadh air a chùl. Clann an là an-diugh - bha iad cho beag sùim, cho beag toinisg! Cha do mhair Mòrag fada an dèidh seo. Chaochail i air latha fuar toiseach a' mhìos Mhàirt. Cha tàinig Eòghainn dhachaigh chun an tìodhlacaidh idir, ach cha b'e a choire a bh' ann. Bha e sa Ghearmailt aig an àm còmhla ris a' chòmhlan-chiùil, is cha robh dòigh air brath fhaighinn thuige.

Ach an àird an t-samhraidh, nochd e san eilean. E fhèin 's a bhean. Chaidh e gu fear-lagha agus e airson taigh a mhàthar a reic. 'S ann aig Seasaidh Ruairidh a bha an iuchair. Chaidh iad far an robh i, agus iad airson sealltainn dhan taigh feuch an robh dad feumail ann a thoireadh iad leotha mus dreadh a reic.

Cha do chord a bhean idir ri Seasaidh Ruairidh. Mar a thuirt i fhèin, "Sgealb bheag bhiorach, pàisde beag aice air a cruachan agus siogarait na gob." Cha do chòrd Eòghainn fhèin dad na b'fheàrr rithe. Ann am fear dhe na preasachan san taigh, fhuair e pìos clò. Bha ann na dhèanadh seacaid is briogais no seacaid is sgiort. Sheall e dha bhean e. Ach chuir ise drèin oirre. "'S awful hairy, and the colour ... Ah just don't fancy it," ars ise.

Thionndaidh Eòghainn ri Seasaidh. Am bu toigh leathase a ghabhail? Dh'fhairich Seasaidh an fhearg 's an dìobhairt ga greimeachadh. "Cùm fhèin e," ars ise, "cha bu mhisd' thu rudeigin mar chuimhneachan air an tè a bha seo."

Nighean Chruinn Donn

Bha feasgar ciùin ann agus teas math anns a' ghrèin, ged a bha am foghar gu bhith seachad. Chaidh Ailean a-mach dhan ghàrradh. Bu toigh leis a bhith gabhail cuairt a-mach dhan chùl nuair a thigeadh e dhachaigh o obair. Bheireadh e sùil air na dìtheanan 's na craobhan-ubhal is gach eile, 's e a' beachdachadh air an atharrachadh a bhiodh a' tighinn orra o latha gu latha. Bha e fhèin is Màiri air obair mhòr a dhèanamh san dearbh ghàrradh seo on a thàinig iad a dh'fhuireach a Shasainn, agus bha e snasail a-nis; cha dreadh a h-aon aca às àicheadh gu robh iad moiteil às. Cha b'e sin dhan ghàrradh a bha an taobh thall dhiubh - làn luibhean is chuiseagan. An-dè thàinig teaghlach ùr an ath doras; cha chual' e fhathast cò iad no cò às a bha iad. Dh'fheumadh e cuimhneachadh faighneachd do Mhàiri nuair a readh e staigh gu bhiadh.

Bha am blàths na chùis-iongnaidh. Chaidh e null chun na hut (a thog e fhèin an-uiridh) agus thug e mach sun-lounger. Ann an tiotan bha e na leth-shìneadh sa ghrèin agus a sheacaid dheth. Bha an gàrradh làn eun, an ceòl aca dàna, aoibhneach, làn innleachd. Ach, na dhèidh sin, shaoil e gun cluinneadh e pongan bhuapa anns an robh tiamhaidheachd. Mar gum biodh iad a' tuigsinn nach maireadh am blàths seo ach tiotan beag, gu robh gainne agus - do chuid aca - bàs a' gheamhraidh a' teannadh faisg. Chluinneadh e cuideachd fuaim nam panaichean 's nan soithichean aig Màiri, 's i ag obair sa chidsin. An ath doras bha fuaimean eile rin cluinntinn - bogsaichean gan slaodadh, brag nan casan clis air ùrlair gun bhrat agus - an dràsda 's a-rithist - dranndan Hoover.

Bha e air thuar tuiteam na chadal nuair a thug e an aire gun do sguir an obair an ath doras. Chual' e fead a' choire a' goil, agus greiseag an dèidh sin rinn e mach gliogan cupa is sàsair. Feumaidh, taobh thall na preasarnaich, gu robh bean an taighe air a tì a thoirt a-mach dhan ghrèin. Dh'fhairich e e fhèin a' fàs cadalach a-rithist, agus bha e an dòchas gum biodh greis mun eubhte a-staigh air. Bha a' ghrian cho blàth agus bha àileadh nan ròs na chuinnleanan. Bha fuaim nan spàinean 's nam panaichean aig Màiri a' sìor fhàs fann... a' sìor shìoladh. Chaidil e.

Nuair a chual' e an t-òran Gàidhlig an toiseach, bha e a' smaoineachadh gu robh e ag aisling - ag aisling gur e fhèin a bha ga ghabhail, agus e a' dèanamh job sgoinneil dheth cuideachd. Ach, gun e buileach ceart na dhùisg, mhothaich e dhan fheur 's dha na flùraichean. *Bha* e na ghàrradh fhèin, na dhùisg, ann an Surrey, agus òran Gàidhlig - an t-òran ud, gu seachd àraid am fear ud - a' tighinn on ath doras. Mar a' chuileag-bhàn a' dèanamh air an t-solas, dh'èirich e is chaidh e timcheall chun a' gheata eadar na taighean. Bha e glaiste riamh on àm a thàinig na Fultons an ath doras le sguad chloinne, is cha robh fhios càit an robh an iuchair. Ach cha do dh'fhan e ri smaoineachadh air a' chùis. Shreap e tarsainn a' bhalla agus leum e sìos le brag am measg nan clachan meanbha a bha air an taobh thall.

Nuair a nochd e timcheall oisean an taighe, bha i air èirigh na seasamh agus tuar an eagail air a h-aodann. Thòisich e air innse dhi cò e, is dè chuir a-nall e, ach cha chual' i dòigheil e. Dh'fhalbh an t-eagal, ge-ta, nuair a dh'aithnich i gur e nàbaidh a bh' ann, am fear a chunnaic i a' dol a-mach gu obair sa mhadainn. Bha i mu chòig deug air fhichead. Boireannach sgiobalta, dorcha san fhalt. A bharrachd air a' chupa tì, bha reacòrdair air a' bhòrd bheag ri taobh. Shìn i thuige, 's chuir i sìos e beagan gun a chur dheth buileach. Cho luath 's a bhruidhinn i, dh'aithnich e gur a bana-Ghàidheal a bh' innte. Taobh Earra-Ghàidheal, shaoil e. Bha i air tuigsinn sa mhionaid gur e an t-òran a thug a-nall e, agus thuirt i, "Tha Gàidhlig agaibh?"

Ghnog e a cheann, agus aire fad na h-ùine air an reacòrdair.

"O, ma-tha, còrdaidh seo ribh," ars ise, 's i a' cur car sa phutan. Sheas iad ann an sin ag èisdeachd - uaireannan a' toirt sùil dhiùid air a chèile - ag èisdeachd ris a' ghuth - àrd, fallain, èasgaidh - a' seinn.

 Dh'fhalbh mo nighean chruinn donn
 Uam don Iùraidh ...

Cho luath 's a bha e ullamh, thòisich i air bruidhinn. "O, 's toigh leam fhèin siud! Ailean Moireach. Sin far an robh an tenor! Tha mise a' smaoineachadh nach robh a leithid riamh ann."

"Uill, cha chanainn gu robh e don' idir ... na latha ... tha mi cinnteach."

"Don' idir? Bha e mìorbhaileach! Is aig sealbh tha brath carson a sguir e a sheinn. Gun teagamh, bhiodh iad a' ràdh gun gabhadh e drudhagan eagalach ... ach cò am fear dhiubh nach gabhadh!"

"Am biodh e mì-mhodhail dhomh fhaighneachd càit an d'fhuair thu a' chèiseag? Cha robh fhios a'm an robh iad rim faighinn," ars Ailean.

"Chan eil iad sin," ars ise. "Cha do rinn Moireach riamh ach dà chlàr, tha e coltach, mun do sguir e a sheinn. Seann 78s a bh' unnta. Fhuair mise grèim orra le chèile, agus rinn Robin - an duin' agam - cèiseag dhomh. Tha e uabhasach math air rudan mar sin."

Diùd 's gu robh e a' faireachdainn, chaidh aig Ailean air fhaighneachd, "Saoil am faigh mi iasad dhen teip sin uaireigin?"

"Gu dearbha, gheibh. Nach toir thu leat an dràsda fhèin i?" thuirt i, 's i a' tionndadh chun an reacòrdair. "Aidh, thoir leat i. Làn-di do bheatha, ach o na chunna tu riamh, na caill i. Ma chailleas, na nochd a-staigh an seo tuilleadh!"

Nuair a shìn i dha a' chèiseag, thuirt e ann an guth cho ìseal 's gur gann a chual' i e, "O, tapadh leat, tapadh leat." Thug i sùil iomagaineach air, is eagal oirre gu robh e a' dol a thòiseachadh air caoineadh. "Cha chreid mi ..." thuirt e, "cha chreid mi g'eil thu tuigsinn. 'S mise Ailean Moireach - 's e mo ghuth-sa a bha siud." Sheas i balbh far an robh i, 's gun fhios aice dè chanadh i. Gu dè idir a bha ceàrr air an duine? Ach an uair sin chual' i guth boireannaich sa ghàrradh an taobh thall ag eubhach air Ailean - ann am Beurla, thug i an aire.

"Uill, feumaidh mi falbh," thuirt e, "gu mo bhiadh ... um ... mòran taing, gu dearbh." Agus an uair sin thuirt e na chabhaig, "Am biodh e freagarrach ... nan tiginn fhìn 's a' bhean ... às na Hearadh a tha i ... nan seasamaid a-staigh a-nochd? Can mu naodh? Ged nach canamaid ach 'Ur beatha dhan dùthaich'?"

"Glan fhèin," thuirt i. "Bidh Robin cho toilichte. Chan eil Gàidhlig aigesan ann, ach tha e titheach air òrain Ghàidhlig. 'S e a dh'fheumadh, an duine bochd, 's mise san aon taigh ris!"

Agus sin mar a thòisich an t-eòlas eadar an dà theaghlach, bha Màiri a' cuimhneachadh a-nochd. Bha iad a-nis a' falbh nan ceathrar gu cèilidh mòr ann an Lunnainn. 'S e Robin a bha a' dràibheadh, taing dhan Agh gur e. Bha fìor eagal oirre gum biodh smùid air Ailean mus tilleadh iad a-nochd, is gun tòisicheadh na seann trioblaidean às ùr. Sin an rud bu mhiosa de dh'Anna, an nàbaidh ùr. Bha i cho laghach 's cho fosgailte na dòigh, ach cho fad' às a rian mu òrain is gnothaichean na Gàidhlig. Bha i, mar gum bitheadh, ga draghadh fhèin is Ailein air ais am measg nan rudan sin on do theich iad ochd bliadhn' deug air ais. Nuair a chuimhnicheadh i air na bliadhnaichean uabhasach a bha iad an Dùn Èideann, an dèidh dhaibh pòsadh. Ailean a' fàs ainmeil mar sheinneadair, ach a' call a lùiths is a chèill le deoch, gus mu dheireadh an do chuir i na cùmhnantan ris: e a thighinn cuide rithe a Shasainn, air no dh'fhàgadh i e.

Uill, fhuair e obair luath gu leòr, agus chuir iad cùl ri òrain 's ri Gàidhlig, ri deoch is gach truaighe eile.

Ach bha eagal air Màiri a-nochd. Bhiodh grunnan sheinneadairean ann a thàinig à Glaschu 's à Dùn Èideann. Feadhainn aig an robh cuimhne air Ailean no a chuala gu leòr mu cheidhinn. Bhiodh crathadh-làimh ann, agus dramaireachd, readh i an urras.

Nuair a ràinig iad a' hotel bha sluagh mòr air cruinneachadh, sunnd math air a h-uile duine, 's iad a' bruidhinn còmhla 's a' cur fàilte air a chèile. Agus bha an cèilidh fhèin math nuair a thòisich e. Bha Màiri air dìochuimhneachadh an cumhachd 's an tarraing a bh' anns na seann òrain. Ge b'oil leatha, dh'fhairich i blàths a' tighinn mu cridhe - blàths agus iongnadh agus moit gu robh i dhen treubh sin a dhèanadh luaidh cho sgileil 's cho cumhachdach air sonas, is air gaol, is air ionndrain.

Nuair a bha an cèilidh oifigeil seachad, thòisich daoine air gluasad am measg a chèile, a' falbh o bhòrd gu bòrd a' bruidhinn ri seann eòlaich. Bha fear ann an cùil agus e a' cluich na fìdhle. Thòisich tè an siud, 's fear an seo, air gabhail òran. Cha robh cabhag air duine gu falbh. Thàinig tòrr a-nall far an robh iad, a bhruidhinn ri Ailean, agus mar bu trice drama aca dha. Dhiùlt e feadhainn dhiubh mar a b'fheàrr a b'urrainn dha, ach aig a' cheann thall cha robh dol às aige ach slàinte an fhir ud 's an fhir ud eile òl.

Chum Màiri smachd air a teangaidh mar a b'fheàrr a b'urrainn dhìse, agus i a' feuchainn ris an t-eagal a bh' oirre a chleith air Anna 's air Robin. Mu dheireadh, dìreach mar a bha fhios aice a thachradh, chaidh iarraidh air Ailean èirigh agus òran a ghabhail. "An guth a b'fheàrr a bha riamh air a' Ghàidhealtachd," thuirt fear-an-taighe, "cluinnidh sinn a-nochd a-rithist e, mu dheireadh thall."

"A Dhia na glòrach, carson nach leig sibh leis?" bha Màiri a' ràdh rithe fhèin. "Carson a tha sibh ga thoirt bhuam? Thug mise an deagh aire dha fad nam bliadhnaichean, 's tha sibh a-nis a' dol ga mhilleadh orm a-rithist."

Fhad 's a bha e a' seinn bha i ag ùrnaigh gun dèanadh e brochan dheth, is nach iarradh iad air ais e. Bha beagan de mhabadh na dibhe na ghuth, agus bha na pongan a b'àirde air fàs tana, biorach. Ach chaidh aige air dreach math gu leòr a chur air, a dh'aindeoin sin agus cion a' chleachdaidh. "Fàg aig a siud e, na gabh an còrr a-nis," thuirt i ris. Ach bha e air a chois a-rithist. Cha robh e ach letheach tron chiad cheathramh nuair a dh'aithnich ise agus a h-uile duine a bh' ann gu robh rudeigin mìorbhaileach air tachairt. 'S e *Dh'fhalbh Mo Nighean Chruinn Donn* a bh' aige an turas seo. Aig sealbh a bha brath ciamar a thachair e, ach bha an t-eòlas agus an sgil agus an guth cho math - gu math na b'fheàrr air iomadh dòigh - 's a bha iad riamh.

Cha do ghluais duine beò. Dh'fhairich Màiri na deòir air a bus. Bha i coma cò a chitheadh iad. Is ann a bha i airson gu faiceadh iad a' fulang i. Bha i airidh air.

"A ghaoil, a ghaoil, a ghaoil," thuirt i rithe fhein, "gu dè rinn mi ort, fad nan ochd bliadhna deug mu dheireadh?"

An Seann Bhàrd

Air mullaichean glan, gorm an t-saoghail,
rinn d'anam aoibhneas.
An-dè bha neart nad ghuth, is cinnt nad chainnt.
Ach ciamar do ghiùlan
nuair thig a' chrith nad làimh,
's an lann nach togar air do shùilean?
Bidh feasgar ann, 's cha chuir do lampa fuadach
air an dorchadas,
's nach lèir dhut anns an dubharachd
aodainn do chàirdean.
Le misneachadh no truas cha ruigear ort,
's tu air do chuartachadh
le aonranachd.
Na dèan ochanaich no ùpraid, a charaid chalma,
nuair mhùchar an solas,
's ged dh'èireadh an dearg chuthach sa chridhe,
rach socair, uasal air do thuras,
gun sùil air ais.
Chan eil do ghuth a' falbh leat
no am farmad bh' againn riut.
Ged b'fhuar a' ghaoth air na mullaich,
gum b'fhallain i,
's bha an sealladh na b'fheàrr
na bh' againne,
's ar cas air na h-iomairean truaillte.

Toiseach a' Gheamhraidh

Ann an rùm nam boireannach san Royal, Loch nan Eala, bha Oighrig Chaimbeul a' cìreadh a cinn, ged nach robh feum mòr sam bith aig na dualan rèidh, rìomhach aice air cìr. Anns an sgàthan mhòr air a' bhalla mu coinneamh, chunnaic i a com, a bha seang, cumadail, agus a broilleach fhathast teann, dealbhach, mar bhroilleach òighe.

Bha i fhèin is Uilleam air a bhith san Royal uair no dhà roimhe, air corra fheasgar dhen t-samhradh bheannaicht' ud. Nuair a bhiodh iad cuairt a-muigh sa chàr, b'àbhaist dhaibh a bhith tadhal agus drama bheag a ghabhail mus tilleadh iad air ais gu Caolas Mhàrtainn.

A-nochd, ge-ta, cha robh cabhag sam bith air ais orra. Tràth an-diugh, bha Uilleam air fònadh a dh'òrdachadh biadh is bòrd a bhith air a dheasachadh dhaibh. Bha Peigi Dhonnchaidh air gealltainn dhi coimhead ris a' bhoin 's ris an t-seann fhear, 's mar sin cha robh adhbhar sam bith aca greasad dhachaigh.

Dh'fhosgail i an uinneag a bha faisg oirre, agus chual' i fuaim na mara a' sluaisreadh a' mhoil shìos air a' chladach, fon bhalla-bacaidh. Bha mu leth-dusan bàt'-iasgaich shìos ri oir na laimrig agus, thall pìos an ear, bha solais is cruinn na *Loch Gorm* is i teann, seasgair ri uchd a' chidhe. Bhiodh i a' seòladh a-nochd aig meadhan-oidhche. Cho eireachdail 's cho ciùin 's a bha an oidhch' fhoghair! Chluinneadh i gu taisbeanach còmhradh na feadhainn a bha air ais 's air adhart, le ceum san uair aca, air rathad a' chidhe, agus donnalaich nan con thall air na croitean air Rubha na Maighdinn. Na b'fhaide muigh aig beul an locha, 's gun ach seòlaidean glè chumhang eatarra, bha na h-eileanan fraoich - eileanan grinn, grianach air nach robh duine a' tadhal ach corra shealgair, no croitear a' lorg beagan tughaidh. Air ais an Caolas Mhàrtainn, bhiodh dealt trom air laighe air na h-iomairean a-nis, is bhiodh an crodh air laighe na h-oidhche a dhèanamh is eadradh eile seachad chun a-màireach. Bha amannan àraidh mar seo nuair nach robh Oighrig cinnteach co-dhiù bha i dubhach no aoibhneach. Bha an saoghal cho àlainn, cho tur, tur àlainn. Ach cha b'ann gun dragh a bha i a' beachdachadh air eireachdas.

Cha b'ionann idir nuair a bha i na h-inghinn òig, is i a' sìor fhàs mothachail air bòidhchead an t-saoghail. Nuair a bha i an Dùn Eideann gu h-àraidh. Nuair a bha gach rud air an laigheadh a sùil - na cnuic 's na taighean, na drochaidean 's na togalaichean, ceò mìn na mara is cumadh annasach nan craobh, na solais 's na sràidean is gach duine a bha a' gluasad beò air srath no air cabhsair - eireachdail, eireachdail, eireachdail agus nan iongnadh maiseach nan iongnaidhean. A Thì Naomha, mar a dh'èireadh a cridhe an uair ud! "Nuair bha mi òg," arsa Màiri Mhòr ... "Moch 's mi 'g èirigh air bheagan èislein ..." Bu mhoch, gu dearbh.

Cha b'ann aithghearr a thàinig am brùthadh-spioraid oirre an dèidh an t-seòlaidh àird a chleachd. Thug e iomadach bliadhna. Iomadh eadradh is fuine is nigheadaireachd is feasgar searbh ònrachdanach. Ach seo aon fheasgar nach biodh mar chàch. Dhùin i an uinneag agus thug i sùil eile san sgàthan. Bha Uilleam cuide rithe a-nochd, 's cha bhiodh na feasgair gu bràth tuilleadh mar a bha iad. Bhiodh e na shuidhe an dràsda fhèin aig a' bhòrd aca, ag èisdeachd muzak mhilis na Royal a' tuiteam socair dùrdanach às na sailthean, agus a shùil corra uair air an doras. Mu thràth, bha i a' faicinn a' bhùird. Bhiodh am botal fìon an sin, a chaolamhaich gu biorach, àrd am measg nan glainneachan 's nam flùraichean, agus gach sgian is spàin nan laighe deàrrsach air anart cho geal ri sneachd' an t-slèibhe.

Dh'fhosgail i an doras is rinn i air seòmar a' bhìdh. Bha gu leòr de luchd-cuairt fhathast a' tathaich na Royal agus bha corra fhireannach, thug i an aire, a' beachdachadh oirre. Bhiodh iongnadh orra, bha i cinnteach, mun lasadh a bha na dreach is an t-aoibhneas a bha na sùil. Ach bu choma; cha bhiodh iongnadh sam bith air Uilleam.

Bha an t-uisge trom a-nis agus bha e tuilleadh is blàth leatha am broinn a' chàir. Cha robh i a' còmhradh ri Uilleam, oir bha esan, mar a bha i fhèin, a' faireachdainn caran lunndach, cadalach. Bha aire-san co-dhiù air an rathad, agus cha b'fhuilear dha: bha e air cuid mhath òl - barrachd 's a chòrd rithe - ged nach b'e sin a dh'fhàg cho trioblaideach i.

Nuair a ràinig iad taigh Peigi Dhonnchaidh, stad iad, anmoch 's gu robh iad. O, bha a h-uile dad air dòigh. Bha am bainne air a shuidheachadh o chionn fada agus an seann fhear na chadal a-nis. Bha i thall ga choimhead dìreach mun do ràinig iad, is ise bh' ann an sin, agus bha e na shuain, an duine bochd.

Nuair a ràinig iad a taigh fhèin, chuir Oighrig air an coire. Shocraich Uilleam e fhèin aig an teine, agus chuir e beagan guail air na h-èibhleagan. Chaidh ise an uair sin suas a choimhead air a h-athair. Bha roinn bheag de sholas na staidhre a' soillseachadh an rùm aige. Ri taobh na leapa bha am bòrd beag air an robh na pileachan 's na botail ri làimh. Bha e air na briosgaidean 's am bainne a ghabhail mun do chaidil e, thug i an aire. Sheall i air gu dùrachdach, rud nach bu chleachd dhi a dhèanamh nuair a bha e na dhùisg. O, gu dè am math a bhith cuimhneachadh? Bha na làithean sin seachad 's cha robh feum fon ghrèin a bhith gan caoidh. Ma bha e laghach, sona uair dhen t-saoghal, cha b'e sin dha an-diugh e. Nam biodh a màthair 's a dithis pheathraichean beò an-diugh, dè a dhèanadh iad dheth? Am biodh iad cho crosda 's cho mì-fhoighidneach 's a bha ise iomadach uair; am biodh an fhearg gan tachdadh aon uair 's an cogais gan dìteadh an uair eile, mar bu tric a bha tachairt dhìse?

Thog i leatha a' ghlainne 's an truinnsear, is ghreas i sìos mus tòisicheadh an coire air feadaireachd 's gun dùisgeadh e. Nuair a bha an tì deiseil, shuidh iad mun teine ga gabhail. Bha an t-uisge air sgur a-nis, agus chual' i fead fhuar na gaoithe aig ceann an taighe. Chual' i cuideachd eubh nan guilbneach shìos aig an t-sròm. B'ann shìos an sin a bha an drochaid - an drochaid ùr a-null gu Airigh Eòghainn. O, bha meas air an drochaid is bhiodh ionndrain air Uilleam Gallta, nuair a readh crìoch oirre agus a dh'fhalbhadh e. Bha iomadh latha a sheall i null air an t-sròm is a dh'aithnich i Uilleam am measg an luchd-obrach. Bha fhios aice nis gur iomadh latha dubh air a' gheamhradh seo a shealladh i null air an drochaid ùir, is bhiodh na feasgair a leanadh na bu deuchainniche na bha iad riamh. Bhiodh a dìol ùine aice an uair sin beachdachadh air dè chaidh ceàrr.

Bha e a' bruidhinn air a shocair, le beagan de mhabadh na daoraich fhathast na theangaidh, agus gun for aige nach robh i ag èisdeachd ris. Dh'èirich i an ceann greise is ghearain i ris gu robh a ceann goirt is gu robh i sgìth, cadalach. Chaidh i a-mach chun an dorais leis is dh'fhàg i oidhche mhath aige.

Nuair a thill i a-staigh, chuir i às an solas is chaidh i chun na h-uinneig, mar a b'àbhaist, a choimhead solais a' chàir a' dol sìos an rathad. Ach a-nochd bha na solais a' dol na b'fhaide na an taigh-loidsidh aige shìos aig Cnoc an t-Sagairt. Bha iad a' siubhal bhuaipe air astar gun tomhas. Agus bha am fear a bha aig a' chuibhill air teannadh air turas nach do thuig e fhathast. Dh'innseadh i a-màireach dha, no an-earar, no uaireigin nuair a thuigeadh i fhèin na b'fheàrr dè a bha ann ri ràdh. Ach a-nochd, agus iomadh oidhch' eile, cha bhiodh ann ach na deòir. Mar a b'àbhaist.

An Dìleab

Tha mi cinnteach nach eil taigh san rìoghachd anns nach eil drathair no dhà a tha làn trealaich - seann leabhraichean is seann litrichean, pinn, putain is pacaidean, cèir dhearg is cairtean Nollaig, cìrean is coinnlean, pàtrain is paidireanan, agus corra bhall sreanga air am pasgadh gu dòigheil is air an cleith gu domhainn am measg nam pàipearan far nach tig an latha a laigheas sùil orra ma bhios sreang ri lorg ann an ceud cabhaig. Co-dhiù, tha drathair no dhà dhen t-seòrsa sin againne, agus latha no dhà an dèidh na Bliadhn' Uire seo chaidh bha mo bhean a' dèanamh beagan sgioblachaidh air an fhear a bu mhì-sgiobalta dhiubh a bha staigh.

Bha i air a glùinean, air a cuartachadh leis gach rud a ghabhadh trusadh às an drathair, an t-ùrlar air a bhreacadh le tomanan beaga de smodal.

An ceann greise, thàinig i a-nall far an robh mi is pasgan de sheann dhealbhannan aice. Shìn i a-nall thugam tè dhuibh, is a meòir air iomall a' chòmhlain ghillean a bha nan seasamh gu stòlda san t-seann dhealbh seo a tharraing cuideigin - O, còrr math is còig bliadhna fichead air ais - ann an Sgoil Loch an Fhaing.

"An e siud," ars ise, "am fear air an robh thu a' bruidhinn an oidhche roimhe? An sgrìobhadair?"

Thug mi sùil air an fhear air an do laigh a h-aire. Cha robh for agam gu robh a leithid de dhealbh fo na cabair. O, bha cuimhn' a'm cho math 's ged a b'ann an-de a bh' ann an là ud a sheas sinn còmhla 's a tharraingeadh an dealbh, ach shaoil mi gur fhada, fada on a chailleadh i an cùil air choreigin. Chaidh a tarraing an t-seachdain mus do dh'fhàg sinn Sgoil Loch an Fhaing. B'esan gu dearbha a bh'ann - Dòmhnall Eòghainn MacDhòmhnaill, no Dòmhnall Eòghainn Sìne Bhàn Fhionnlaigh, mar a b'fheàrr a b'aithne dhuinne e. Cha robh e air ainmeachadh air athair idir, oir bha e dìolain.

Aig deireadh an t-samhraidh sin fhèin chaidh an ceathrar againn dhan Ard-sgoil, gu tìr-mòr. Nuair a dh'fhàg sinn an Ard-sgoil, rinneadh beagan sgapaidh oirnn. Chaidh Murchadh a dh'Obar-Dheathain, Seonaidh a Ghlaschu agus Dòmhnall Eòghainn 's mi fhìn a Dhùn Eideann. Bha Dòmhnall Eòghainn, mar a bha càch, a' toirt a-mach dreuchd maighstir-sgoile, ach bha m'ùidh-sa air rudan eile. B'ann air sprèidh 's air àiteach a bha m'aire, agus b'ann air an ionnsachadh sin a rinn mi taghadh. Bhithinn a' faicinn Dhòmhnaill Eòghainn gu math tric fhad 's a bha mi sa cholaisde. B'iomadh cupa agus glainne a thràigh sinn còmhla, agus b'iomadh facal - faclan aotrom, amaideach no caran cudthromach a rèir dè an sunnd a bhiodh oirnn - a bha eadarainn. Tha mi cinnteach gu robh sinn mar a bha iomadh oileanach eile - glè bhragail leis a' bheagan eòlais, agus gu math baralach, deasbaideach nuair a bhiodh an cuspair na bu doimhne na thuig sinne a bha e.

Nis, nuair a dh'èireadh Dòmhnall Eòghainn air a chasan a bhruidhinn far an robh sluagh mòr, cha b'urrainn dha trì faclan a chur ceart an altan a chèile agus b'e deuchainn a bhith ga èisdeachd; ach nuair a bha e na shuidhe a' bruidhinn am measg còmhlan beag de dh'eòlaich, dh'èisdeadh tu gu madainn ris, agus b'iomadach uair a rinn mise an dearbh rud sin, or b'e rogha nan companach a bh' ann dha-rìribh. Nuair a bhithinn ag èisdeachd no a' deasbad ris, bhithinn a' ràdh rium fhìn gur e a dhèanadh smior a' mhaighstir-sgoile agus, mura robh mi air mo mhealladh, smior an sgrìobhadair.

Agus cha bu mhi an aon fhear aig an robh a' bharail seo air. Bha an fheadhainn a chuir eòlas air a' tuigsinn gu robh tàlantan air leth aige. Chan iarradh e a chaochladh ach a bhith bruidhinn 's a' deasbad mu litreachas. Bha eòlas aige air leabhraichean 's air litreachas gach dùthcha a bha iongantach de dh'fhear aoise.

Nuair a bha bliadhnaichean an ionnsachaidh seachad, 's a bha esan ag obair ann an sgoil ann an Dùn Eideann 's a bha mise cho tric air feadh na Gàidhealtachd 's nan Eileanan, readh uaireannan roinn mhath dhen bhliadhna seachad mus tachramaid. Nuair a dhèanamaid coinneachadh air Ghalltachd no air Ghàidhealtachd, bha e follaiseach nach robh obair a' mhaighstir-sgoile cho freagarrach air Dòmhnall

Eòghainn 's a shaoil mi a bhitheadh i. Thachair mi aon uair ris is e an dèidh tighinn dìreach o obair, agus chuir e iongnadh orm mar a bha e air a chlaoidh agus cho brùite 's a bha a spiorad. Cha do shaoil mu cus dhe sin aig an àm, oir cò am fear-cosnaidh, no a' bhean-taighe, air nach tig sàrachadh latha no latheigin? Ach a h-uile h-uair a thachrainn ris an dèidh sin, b'ann glè ainneamh nach biodh mì-shunnd air, agus cha robh na còmhraidhean a bhiodh againn a leth cho cridheil 's a b'àbhaist dhaibh a bhith.

An ceann bliadhna no dhà dhen dol air adhart sin, nuair a bhithinn sna h-Eileanan no an Dùn Eideann is cothrom agam fhaicinn, feumaidh mi aideachadh gum bithinn ga sheachnadh. Nuair a phòs mi, bha suas ri dà bhliadhna o nach fhaca mi e. Chuir mi thuige fiadhachadh chun na bainnse, ach cha tàinig e. Fhuair mi litir bhuaithe beagan an dèidh sin a' guidhe a leisgeul a ghabhail agus ag iarraidh orm tadhal air a' chiad cothrom a gheibhinn. Rinn mi sin, agus abair gu robh atharrachadh air an duine. Cha robh sin doirbh a thuigsinn nuair a fhuair mi a naidheachd.

"Tha cuimhn' agad," ars esan, "air Màiri, piuthar mo mhàthar, an tè a bha pòsd' aig Coinneach an Rubha?"

"Tha glè mhath," thuirt mi. "Chaochail i ... chaochail i toiseach an earraich. Bha mi san eilean aig àm an tìodhlacaidh."

"Bha, bha mis' ann cuideachd, ged nach tàinig thu nam ghaoth aig an àm. Ach coma leinn dhe sin - nach ann a dh'fhàg am boireannach bochd dìleab agam. Cha robh teaghlach aice fhèin ann."

"Isd! Cha do dh'fhàg."

"O, dh'fhàg, 's chuir e a cheart uimhir a dh'iongnadh orm fhìn, a laochain. Co-dhiù, 'eil cuimhn' agad gu robh bùtha bheag aca aig àm a' Chogaidh? Uill, feumaidh gur ann às a sin a thàinig an t-airgead, Ach, co-dhiù, 's ann agamsa a dh'fhàgadh na bh' ann - agus, Alasdair, a charaid, dh'fhàg mi m'obair an t-seachdain seo chaidh."

"Dh' fhàg thu d'obair!" thuirt mi. "Gu sealladh orm, gu dè na chaidh fhàgail agad?"

"Fhuair mi ... beagan is dà mhìle. O, tha fios a'm nach mair sin ro fhada san latha th' ann."

"Gu dearbha, cha dèan e sin," thuirt mi. "Mairidh e ... O,

mairidh e mu dheich mìosan dhut, no beagan is bliadhna ma bhios tu cùramach leis. Dhòmhnaill Eòghainn, a bhodaich, tha eagal orm gum bi thu air ais aig an t-seann obair ann am bliadhn' eile."

"Cha tèid mise, Alasdair, a theagasg phiatharlan tuilleadh ged nach biodh agam na cheannaicheadh slis arain! Cha robh obair san domhain riamh a tha idir cho deuchainneach ris an dubh-chosnadh dhamainte sin. 'S ann agam tha brath."

"Agus gu dè tha thu am beachd a dhèanamh, ma-tha?"

"Aha! Sin a' chùis, a chuilein. Tha mi air tòiseachadh air sgrìobhadh, Alasdair, agus an turas seo chan e bloigh sgeulachd a tha fa-near dhomh. 'S e bhios an seo ach nobhail, a charaid. Deich mìosan a thuirt thu a mhaireadh an dìleab dhomh? Uill, cha chanainn nach robh thu ceart, ach nì sin fhèin an gnothach dhòmhsa, Alasdair. Nì sin an gnothach."

Nuair a dhealaich sinn an oidhche sin aig ceann na sràide, shaoil mi nach do thachair mi ri duine cho sona ris o chionn iomadach latha.

Co-dhiù, chaidh bliadhna agus corra mhìos seachad. Cha tàinig 's cha tàinig leabhar thugam o Dhòmhnall Eòghainn mar a gheall e, agus cha robh guth no iomradh sna pàipearan gu robh a leithid air fhoillseachadh. Thàinig e nam bheachd iomadh uair a dhol a choimhead air, ach le bhith caran riaslach agus gun fhios a'm ceart ciamar a thoirinn cuideachadh no misneachd dha, chaidh na seachdainean seachad mar sin, mar as tric a thèid iad. Ach chunnaic mi bhuam e aon latha is mi a' greasad dhachaigh. Feasgar fuar earraich a bh' ann, agus bha mi sgìth, acrach agus deònach buannachd dhachaigh cho luath 's a b'urrainn dhomh. Bha e a' coiseachd sìos romham, taobh thall na sràide, agus ged nach robh e anabarrach piullach dheth fhèin, cha ghabhadh tu air duine saidhbhir e gu sìorraidh.

Mu dhà mhìos às dèidh sin, thàinig mi dhachaigh aon fheasgar agus gu dè bha a' feitheamh orm ach an leabhar - còrr math is dà bhliadhna on oidhche a bhruidhinn mi mu dheireadh ri Dòmhnall Eòghainn. Cho luath 's a ghabhadh dèanamh, rinn mi tòiseachadh air a leughadh. Chaidh a' bhean is an teaghlach a chadal tràth, is lean mise orm a'

leughadh ann an sàmhchair na h-oidhche.
　Cha tuigear gu bràth an toileachas 's a' mhoit a chuir an leabhar ud orm. Bha an sgrìobhadh eireachdail, ealanta - gu dearbha, b'aithne dhan duine sa a ghnothach. Chùm mise orm air leughadh. Ann an ceann uair an uaireadair chaidh an teine às is thàinig crith fhuachd orm agus sgìths. Bha greis mun do thuig mi gu robh sgìths air tighinn san sgrìobhadh cuideachd, agus mun do ràinig mi na duilleagan mu dheireadh bha fhios a'm nach biodh an nobhail seo a leth cho ainmeil 's a thoill i a bhith, agus b'e sin an call.
　Sgrìobh mi gu Dòmhnall Eòghainn a' chiad chothrom a fhuair mi agus chuir mi mo thaing agus mo mholadh thuige. Cha d'fhuair mi freagairt bhuaithe idir, agus b'ann nuair a bha mi an ath turas ann an Inbhir Nis a thuig mi carson. Bha mi ann an còmhradh ri fear Moireasdan - Iain Moireasdan, fear à Loch an Fhaing a bha ag obair sa bhaile - nuair a dh'fhaighneachd e, "An robh thu a' coimhead air Dòmhnall Eòghainn - Dòmhnall Eòghainn Sìne?"
　"Cha robh," thuirt mi. "Cha robh fios a'm gu robh e sa cheàrn seo."
　"O tha, tha e san ospadal, Ospadal na Creige, an duine bochd. Ghabh e sgoil air an dùthaich faisg air a seo fhèin, ach ... ach cha deach ro mhath leis, tha e coltach. Co-dhiù, thàinig orra a chur dhan ospadal mu dheireadh. Chan eil e gu math idir. An inntinn, tha thu tuigsinn."
　Chaidh mi far an robh e cho luath 's a ghabhadh dèanamh. Rinn e toileachadh rium agus còmhradh rium, ach b'ann duilich gu leòr a bha a shuideachadh a dh'aindeoin sin. Fhad 's a bha sinn a' bruidhinn, thug mi an aire gu robh a mheòirean gun sgur a' toinneamh cuibhrige geal na leapa. Dh'fheuch mi gach dòigh a b'aithne dhomh air a shunnd a thogail, ach cha robh e furasda.
　Chùm mi orm an latha sin gu Inbhir Uige, far an robh obair dà latha a dh'fheitheamh orm. Nuair a ràinig mi Inbhir Nis air mo thilleadh, thadhail mi ann an Oifis an Aiteachais a choimhead ri litrichean no gnothach sam bith ris am feumainn sealltainn mun glacainn an trèan air ais dhachaigh.
　Cha robh gam fheitheamh ach aon litir - litir o Dhòmhnall Eòghainn. Bha cuimhn' aige gum bithinn air tilleadh an taobh ud an latha sin agus sgrìobh e a' guidhe orm a dhol a

choimhead air. Nis, bha còrr math is seachdain o nach fhaca mi mo dhachaigh no mo theaghlach, agus nan rachainn a-mach chun na Creige a choimhead air, bhiodh trèan Dhùn Eideann air falbh 's chan fhaighinn sìos a deas chun a-màireach. A bharrachd air a sin, bha co-chruinneachadh mòr de thuathanaich 's de dh'eòlaich ann an Dùn Eideann an ath oidhche - seorsa de chèilidh - agus b'ann glè sgìth a bhithinn-sa a' dol ann an dèidh tighinn à Inbhir Nis air an aon latha. Agus co-dhiù, bhithinn air ais sa cheàrn seo ann an ceann cola-deug agus chithinn Dòmhnall Eòghainn an uair sin. Mar sin, rinn mi air an trèan, 's air an dachaigh.

Air a' mhadainn an dèidh a' chèilidh mhòir bha agam ri dhol a-mach taobh Ingliston. Bha a' mhadainn brèagha, grianach, ach bha cus òil is cus bìdh na h-oidhche raoir air ceann goirt is losgadh-bràghad fhàgail agam. Mar sin, dheònaich mi an càr fhagail aig an taigh agus am bus a ghabhail. Fhuair mi fear freagarrach shìos sa bhaile agus shocraich mi mi fhìn ann le mo phàipear-naidheachd.

Nuair a laigh mo shùil air an duilleig an ceann cairteal na h-uarach 's a leugh mi mu bhàs Dhòmhnaill Eòghainn, dh'fhairich mi tachdadh a' tighinn nam chom. B'fheudar dhomh am bus a stad agus tighinn às an sin fhèin an teis-meadhan na dùthcha.

Tha cuimhn' a'm a bhith ga choimhead a' sìor tharraing bhuam air a thuras an iar, 's mi nam sheasamh air fàil an rathaid le dealt na maidne air mo bhrògan is na h-uiseagan a' seinn os mo chionn. Ach an cianalas a thug iad orm! Cianalas nan lathaichean geala nuair a bha mi fhìn 's e fhèin òg is nach tilleadh a chaoidh.

Bha fios a'm cuideachd aig an dearbh mhionaid sin nach b'e bàs nàdarra a fhuair Dòmhnall Eòghainn, agus mar sin ann an ceann latha no dhà cha do chuir an naidheachd a fhuair mi iongnadh sam bith orm. Oir bha Dòmhnall Eòghainn, a thaobh obrach, doirbh a riarachadh. Dh'fheumadh gach rud air an cuireadh e làmh a bhith ealanta, gun mheang, agus b'e sin a dh'fhoghain dha.

Tha an leabhar air mo sgeilp fhathast, agus ged a dh'obraichinn-sa cho cruaidh 's cho sgileil 's gun toirinn air cruithneachd fàs air mullach Beinn Nimheis, cha saoilinn gu fàgainn dìleab às mo dhèidh a leth cho luachmhor ris an leabhar ud.

Droch Am dhen Bhliadhna

Bha Ludovic na chabhaig, agus aithreachas air. Bha e air fuireach thall ro fhada air chèilidh. Dh'aindeoin nan rabhaidhean a fhuair e, bu ghann a thàrr e nall às an eilean 's an làn reothairt a' tighinn na dheann. Gu dearbha, b'ann air èiginn - a bhriogais dheth 's am baidhsagail air a dhruim - a fhuair e a-nall gu Geàrraidh a' Bhota, dìreach mun do dhùin an fhadhail.
Thiormaich e e fhèin mar a b'fheàrr a b'urrainn dha le badan feòir agus dhìrich e chun an rathaid. Bha Eòghainn Mhurchaidh shuas air Cnoc 'IcPhàil aig caoraich. "Dhuine gun tùr," dh'eubh e nuas, "'s ann ort a chaidh an sàbhaladh! Deich mionaidean eile 's bha thu bàthte, cinnteach. Nach tu bha gun toinisg, ge-ta." Ach cha robh ùine aig Ludovic fuireach ri còmhradh. Smèid e agus leum e air an dìollaid, 's e airson na b'urrainn dha de dh'astar a dhèanamh mun dorchnaicheadh i, 's gun lampa no dad eile air a' ghliogaid baidhsagail a bh' aige an iasad.
Bha rathad na mòintich timcheall nam bàgh na chùis-uabhais le tuill 's le claisean, is bha e gu math doirbh dha astar a dhèanamh. Bhiodh e na b'fheàrr dheth, ge-ta, nuair a ruigeadh e Aird a' Chlachair. Bhiodh an rathad tearradh agus a' ghaoth na chùl aige an uair sin. Shaoil e gun dèanadh e an Tobhta dheth ann an trì chairteil na h-uarach, mus biodh cus uallaich air Màiri Anna.
"Bidh mi air ais mun dorchnaich i," thuirt e mun do dh'fhàg e sa mhadainn. Thàinig i a-nuas cuide ris gu ceann an rathaid.
"Ma bhitheas, 's e a' chiad uair dhut e," ars ise. "'S neònach leamsa mura tèid thu a shuirghe a dh'àiteigin air do thilleadh, mur do dh'atharraich thu. Ach mura nochd thu ro mheadhan-oidhche, glasaidh mi 'n doras ort!"

Rinn e gàire. 'S e a dh'fhaodadh, is fhios aige nach dèanadh i dad dhe leithid. 'S iomadh uair, nuair a bha e a' dol do Sgoil an Rubha agus e a' loidseadh aice, a bhiodh e a-muigh gu uair sa mhadainn; is cha robh an doras glaiste riamh.

"Feuch a-nis, 'ille, nach beir an làn ort. Ma chailleas tu an fhadhail, cuir fòn thugam à Oifis Puist an eilein. Bi cinnteach, a-nis, ma chailleas tu do shuim nach toir thu oidhirp air an fhadhail, mus bàthar thu. B'fheàrr dhut cus fuireach thall gu madainn na thu fhèin a chur an cunnart a' greasad dhachaigh. Cuimhnich a-nis!"

Chòrd e ris mar a thuirt i "dhachaigh" mar siud, ged a bha a dhachaigh an-diugh - nuair a bha e air tìr, co-dhiù - ann an Glaschu, cuide ri mhàthair. Bha ise toilichte gun tàinig e an taobh ud am bliadhna, a choimhead air na seann eòlaich a b'aithne dha nuair a bha e a' dol dhan sgoil an sheo. Cha robh a' bhuain buileach seachad nuair a thàinig e agus thug e cuideachadh math do Mhàiri Anna a' chiad sheachdain an dèidh dha tighinn. Bha Oighrig Mhòr, a' chailleach, air fàs lapach, is cha b'urrainn dhi ceangal no togail a dhèanamh; agus cha robh Eòghainn, an gille, ach beagan is deich fhathast, ged a bha e dìcheallach gu leòr. Cha robh esan ach mu dhà bhliadhna nuair a chailleadh athair. An dèidh a liuthad sàbhaladh a chaidh air iomadach uair ri droch shìde, chaidh Uilleam bochd a bhàthadh - e fhèin is Lachlainn Sheumais - air latha brèagha samhraidh, 's iad a' togail chliabh. Feadhainn a bha a' ràdh gun deach iad ro fhaisg air na boghannan 's gun do rug am bristeadh orra gun fhiosda. Co-dhiù, fhuair iad an t-eathar, 's i na spealgan, air an Rubha Gharbh agus na cuirp shuas a tuath air an Tràigh Ghil, faisg air a' Chaolas Mhòr.

Sin a' bhliadhna a thàinig e dhan sgoil an seo, agus cha robh Màiri Anna ceart às a chionn, 's i cho sàmhach, fad'-às na dòigh aig an àm a chaidh e a dh'fhuireach thuca an toiseach. Bha cuimhn' aige air Uilleam on a bha e ann an Glaschu: duine mòr socair, sàmhach. Cha tigeadh gàire ro thric air, ach nuair a thigeadh bhiodh aghaidh a' lasadh ann an dòigh a bha iongantach, mar a lasas aodann gill' òig.

B'ann nuair a bha Uilleam is Màiri Anna pòsda ann an

Glaschu a chuireadh eòlas an toiseach orra. Ge b'e dè bu choireach, bha Uilleam trom air an deoch aig an àm. B'ann nuair a chaill e obair is a dhachaigh, is gun sgillinn ruadh no gheal aca, a rinn a mhàthair-san an rud nach do dhìochuimhnich Màiri Anna riamh. Thabhainn i fasgadh is dachaigh dhaibh gus an d'fhuair Uilleam e fhèin a chur air dòigh agus cothrom tilleadh a dh'obrachadh croit athar. Cha robh cuimhne ro mhath aig Ludovic air na bha a' tachairt anns na bliadhnaichean a bha siud; bha e òg is a' ruith nan sràidean, gun for aige ach air a ghnothaichean fhèin. Ach b'iomadh uair on uair sin a bheachdaich e gur ann aig a mhàthair a bha an cridhe is a' mhisneachd, 's i fhèin na bantraich le sianar chloinne. Agus bhiodh moit air nuair a bheireadh Màiri Anna tarraing air, rud a dhèanadh i iomadach uair.

Bha e nis a' tighinn am fianais na h-Airde agus chitheadh e solas an taigh-sheinnse, ged nach robh biùg às na taighean eile fhathast. Ma bha an rathad na uabhas roimhe, bha an truaighe buileach air a-nis. Bhiodh muinntir na h-Airde a' tarraing mhònadh air a' phìos seo dheth agus bha a bhuil air. Nuair a bhuail e sa ghnoban mhòr, thug am baidhsagail leum às agus thàinig an roth-thoisich a-nuas air a' chloich le droch sgailc eagalach. Rinn e na damanaidhean cumhachdach nuair a chual' e fead na gaoithe a' tighinn aiste. Stad e is dh'fhàisg e le òrdaig i, ach cha mhòr gu robh sad air fhàgail innte, 's i a' sìor fhalamhachadh. Bha fhios aige gum biodh bùtha Dhùghaill dùinte a-nis, ach nan ruigeadh e an taigh-seinnse na uair 's dòcha gum biodh cuideigin an sin le baidhsagail a bheireadh rud dha a chàireadh am bloigh inneil seo. Thog e air, 's e a' cuibhleadh a' bhaidhsagail roimhe agus an dorchadas a' tighinn. Ann an cairteal na h-uarach bha e aig an taigh-sheinnse, agus thug e an aire gu robh grunnan bhaidhsagail mun doras. Ach chunnaic e na b'fheàrr na sin. Bha an lòraidh mhòr aig Murchadh Alasdair thall am measg nan càraichean. Bha Murchadh às an Rubha, pìos a tuath air an Tobhtaidh, agus nam biodh e a' dol dhachaigh gheibheadh e suas cuide ris. Chuir e am baidhsagail ris a' bhalla is chaidh e staigh.

Nuair a dh'fhosgail e doras a' bhàr theabadh a bhòdhradh

leis a' ghoileam 's an sgalthartaich a bha roimhe an shin. Agus os cionn na goileim, guth Flòraidh: "Time, gentlemen, time! If you pleeze ... z ... z, now!" Bha i caran Gallta an dèidh a bhith dà bhliadhna ag obair ann am MacSorley's. Cha tug na daoin'-uaisle mòran feairt oirre. Chunnaic Ludovic gu leòr a b'aithne dha. Chrath iad a làmh is rug iad air ghualainn air, agus bha feadhainn a dh'òrdaich drama dha, ged a bha e trang gan diùltadh. Ach bha cus uallaich air Flòraidh mun phoileasman, is cha chuireadh i nall an còrr do dhuin' aca. "Gruagach ghruamach na galla!" thuirt cuideigin air a chùlaibh. Dh'iarr Ludovic a leisgeul a ghabhail is chaidh e a-null far am fac' e Murchadh a' bruidhinn ri dithis eile.

Cha robh Murchadh ga aithneachadh an toiseach, ach an dèidh dha deagh shùil a thoirt air dh'eubh e, "O seadh ... seadh ... seadh! Gill' Oighrig Chaluim! Chuala mi gu robh thu staigh cuairt. Thall aig Màiri Anna na Tobhta, nach ann? A Dhia, cha do dh'aithnich mi grèim dhiot an toiseach. Tha thu air fàs cho mòr on a bha thu san sgoil. A dhuine bhochd, nach tusa sin a dh'fhàs mòr! Puncture, an duirt thu? Aidh, siuthad, ma-tha, bhalaich. Sad an cùl na lòraidh e 's bidh sinn a' falbh an ceartuair ... O, 's e do bheatha, gu dearbha, 'ille."

Thill Ludovic a-mach air a dheagh dhòigh. Nuair a fhuair e am baidhsagail a thogail a dheireadh na lòraidh, shocraich e e fhèin san toiseach a' feitheamh Mhurchaidh.

Ach bha greis mun do nochd esan. Nuair a thàinig e a-mach mu dheireadh thall cuide ri fear às an Aird, cha tug iad sùil an taobh a bha e ach thionndaidh iad suas gu cùl an taigh-sheinnse. Mun deach iad à fianais bha fear na h-Airde a' toirt leth-bhotal às a phòcaid. Cha robh fhios gu dè cho fad' 's a bha iad aig cùl an taigh-sheinnse - mu leth-uair co-dhiù, shaoil e. Ach nochd Murchadh mu dheireadh agus leum e staigh ri thaobh.

Bha sraon math aca a' falbh, na rothan a' bleith is a' sgapadh a' mhoil air beulaibh an taigh-sheinnse, agus ann an tiotan bha astar math aca suas a tuath. Bha Murchadh air dheagh fhonn, a rèir choltais. Uaireannan ghabhadh e òran, àird a chlaiginn, mar nach biodh duine beò ann ach e fhèin, agus uaireannan thionndaidheadh e ri Ludovic is dhèanadh e còmhradh.

"'S ann à Sruighlea a bha d'athair, nach ann?"

"'S ann."

"Bu truagh mar a thachair dhan dhuine bhochd. Chan fhaca mi riamh e, ged a bha e staigh uair no dhà. Ach gu dearbha bha mi duilich nuair a chuala mi. Sianar a tha san teaghlach, nach e?"

"'S e, sianar."

"Agus 's e ainm do sheanar a th' ortsa, nach e?" Bha e riamh na fhasan aig Murchadh a bhith faighneachd air fhios.

"'S e - ainm mo sheanar," arsa Ludovic, 's e a' tuigsinn cho beag 's a bha Murchadh a' saoiltinn dhen ainm luideach seo a bha na bhreitheanas air duine aig an robh Gàidhlig.

Gun rabhadh, thog Murchadh a ghuth a-rithist.

Saoilidh balaich bhios air chèilidh,
'G èisdeachd ris na chluinn iad,
Nach eil cèaird as fheàrr na 'n Nèibhi,
Gus an tèid iad innte ...

Chaidh e iomrall san fhonn uair no dhà, thug Ludovic an aire. Ach bha e mòr leis a chuideachadh - eagal 's nach e an deoch, uile-gu-lèir, bu choireach.

"Agus ciamar a tha a' mhuir a' còrdadh riut?"

"Fìor mhath. 'S math a bhith cosnadh."

"Aidh, 's math, tha mi cinnteach. Chan fhada gus am bi thu nad oifigeach, dè?"

"Dà bhliadhn' eile, ma bhios mi air mo chùmhnadh. 'S e sin ma thèid agam air an tiocaid."

"O, 's tusa nì sin, a bhodaich. Thèid mise 'n urras. Cha bhi dìreach strì agad 's tu cho math air an sgoil, tha mi cluinntinn."

Bha gealach bhuidhe an fhoghair air èirigh os cionn na beinne, thall a tuath orra, agus bha i a' deàrrsadh air lochain bheaga na mòintich a bha a' nochdadh riutha an drasda 's a-rithist eadar na cnuic. B'ann gu math lom, ònrachdanach a bha a' mhòinteach a' coimhead a-nochd. A rèir a mhàthar, 's iomadh fiadh a thug a sheanair air a dhruim tarsainn na dearbh mhòintich an dèidh a bhith sealg sa Bheinn Mhòir. A dh'aindeoin gheamairean, cha robh èis air teaghlach a mhàthar fhad 's a bha an seann fhear beò. Ach bha a' mhòinteach an siud fhathast ged nach robh esan, no eadhon làrach a bhrògan oirre an-diugh.

Bha iad a-nis a' teannadh a-null gu Dùn Uisdein, far an robh an dà rathad a' coinneachadh. B'iad seo rathad na h-Airde, air an robh iad, agus an rathad a-mach gu Loch an Fhìdhleir, far am biodh am bàta a' tadhal. Bha bùtha is Oifis Puist Eachainn Bhig an sheo, agus sia taighean eile air an togail ri bruaich na h-aibhne a bha a' ruith a-nuas on mhonadh. "Bha mi muigh an taobh sin feasgar," arsa Murchadh 's e a' gnogadh a chinn an taobh a bha rathad Loch an Fhìdhleir, "a' togail stuff a thàinig air a' bhàta. 'S fhad' o dh'fhaodainn a bhith dhachaigh, ach bha min agam le Dùghall, shìos san Aird."

Thug Ludovic an aire gu robh Murchadh a' coimhead a-null 's a-nall mar gu robh mòran air aire, agus an ceann treise stad e an t-einnsean, is leig e leis an lòraidh ruith ris an leathad. Nuair a bha iad mu choinneamh ceann bùtha Eachainn, tharraing e air a' chuibhill 's chuir e a toiseach a-null air an fheur ri ceann an taighe, agus stad iad an shin fhèin. Cha robh duine mun cuairt, no air ghluasad. Ann an sàmhchair na h-oidhche, ann an saoghal fo ghealaich, shaoileadh tu nach robh anam a' tarraing anail ann an Dùn Uisdein ach iad fhèin.

Bha guth Mhurchaidh ìseal, cagarach, 's e a' sreap sìos. "Gnothach beag agam a-staigh an seo, 'ille. Fuirich thusa an seo. Cha bhi mi fada, a bhalaich. Dìreach tiotan." Dhùin e an doras air a shocair is chaidh e timcheall chun an dorais-chùil, a' dèanamh a dhìchill air coiseachd air a chorra-biod.

Chuir Ludovic seachad a' chiad chuid dhen ùine a' feadaireachd 's a' gabhail phort fo anail, agus e an dùil gu nochdadh am fear eile uair sam bith. Ach thug e an aire mu dheireadh gu robh a h-uile duine sna taighean mun cuairt air na solais a chur às agus air a dhol a chadal. Sheall e rithist air an uaireadair. Bha còrr is uair on a stad iad! Dh'fhàs e an-fhoiseil agus gu math crosda a-nis, is e a' faireachdainn an fhuachd na chnàmhan.

Leum e sìos chun a' chnuic agus thòisich e air stampadh a chasan 's a' bualadh a làmhan. Ach sgeul no fathann cha robh air Murchadh. Esan 's a thiotan! Smaoinich e gun toireadh e sùil air a' bhaidhsagail agus chuir e cas air an roth-dheiridh is shreap e suas ris a' chliathaich.

Bha e trang a' suidheachadh a' bhaidhsagail na b'fheàrr an tacsa ri poca gràin nuair a dh'fhairich e gluasad air a chùlaibh. Gu h-ealamh, bha a dhà làimh air taobh na lòraidh agus a chalpannan a' teannachadh deiseil airson cruinn-leum a dhèanamh sìos chun a' chnuic. Ach dh'fhan e gun ghluasad, agus a mhisneachd a' tilleadh thuige, nuair a chual' e cnead beag socair, 's a thuig e dè bh' aige. Chaidh e suas, is chaidh e na chrùbadan ri thaobh.

Bha an laogh òg na laighe air fhuaigheal ann am poca, 's gun ris dheth ach an ceann 's an amhaich. Cha robh cothrom èirigh no sìnidh aige agus bha droch chrith air leis an fhuachd. Laogh òg Hearach a bh' ann, 's gun e ach mu thrì no ceithir a sheachdainean, cuid dhen "stuff" a thog Murchadh aig a' bhàta ro mheadhan-latha. Thug e dha a chròg is thòisich an laogh ri deoghal. Leis an làimh eile shuath e a dhruim is an loch-bhlèin, gus an do dh'fhairich e an t-seice, a bha cho aog 's cho fuar fon phoca, a' fàs na bu bhlàithe, 's an fhuil a' ruith na b'fheàrr air fheadh. Ann am beagan ùine thàinig faothachadh air a' chrith a bha am bodhaig a' bheathaich. Chuir e a làmh an uair sin a-staigh aig bonn a' phoca is thug e suathadh math air na glùinean beaga, cruaidhe. Thug e sùil mun cuairt agus laigh a shùil, a dh'aindeoin an dorchadais, air pìos math canabhais a bha san deireadh am measg na trealaich eile. Dh'fhosgail e a-mach caob math dheth is sgaoil e air an ùrlar fhuar e. Thog e ceathramh-deiridh an laoigh air uachdar agus an uair sin na casan-toisich, gus an robh am beathach na laighe gu dòigheil air. Phaisg e an còrr chen chanabhais air uachdar, a' cumail na gaoithe bhuaithe. Chrom e chun a' chnuic agus ghabh e timcheall chun an dorais-chùil.

Cha do fhreagair duine an gnogadh cruaidh a thug e air an doras, agus mu dheireadh dh'fhosgail e a' chòmhla agus chaidh e a-staigh dhan dorchadas. Cha robh fhios aige an toiseach càit air an t-saoghal an robh e, leis cho dorcha 's a bha an taigh; ach thug e an uair sin an aire, tron doras air a làimh dheis, gu robh biùg sholais air choreigin san rùm sin, agus dh'fhairich e àileadh làidir a' pharabhain. Nuair a nochd e a-staigh bha fear ann 's a chùlaibh ris, 's e a' feuchainn ri funail a chur air lampaidh a bh' air a' bhòrd mu choinneamh. Cha robh air ach a lèine 's a dhrathais, agus brògan tacaideach mu chasan 's na barraill fuasgailte. Bha a mhuilicheannan slaodte ris; is bha a chasan rùisgte, gun stocainn, am broinn nam brògan. Ged a bha bliadhna no dhà o nach fhaca Ludovic e, cha robh e doirbh sam bith dha cumadh cruinn Eachainn Bhig aithneachadh. Cha robh e doirbh na bu mhò a thuigsinn carson nach robh a' dol aige air an lampa a chur air dòigh. Chual' e fead na h-analach aige agus chunnaic e mar a bha e a' tulgadaich. A bharrachd air samh a' pharabhain, bha àileadh eile san rùm - àileadh na dibhe a' tighinn làidir far anail Eachainn. Rinn Ludovic casad beag agus thionndaidh Eachann is rinn e amharc gheur air, ged a bha a shùilean gu dùnadh na cheann.

"Dad ort, dad ort, 'ille. Aha! Tha thu agam a-nis. Ludovic, nach e? Ludovic Oighrig Chaluim! Bha mi dìreach a' smaoineachadh gun cuala mi gnogadh. Cò as a nochd thu?"

Thàinig Ludovic air adhart agus chuir Eachann am funail gu cùramach air ais air a' bhòrd is rug e cho sòlamaichte air làimh air 's gu saoileadh tu gur e am ministear a bha air tadhal.

"Dè do chor, a laochain, dè do chor?"

Bha deathach dhubh, ghrànda a' tighinn à siobhag na lampadh, air thuar an tachdadh le droch àileadh.

"'S dòcha gu bheil a' ghlainne ro theth," arsa Ludovic. "An fhaod mi ...?"

"Aidh, siuthad, a bhalaich. Cha dèan mi fhìn dìreach stèam dheth gun na speuclairean. 'S chan eil fhios a'm o na rionn ... o na rionnag ... rionnagan ruadha càit an deach na bugair rudan idir, idir."

Fhad 's a bha Eachann a' strì ris an aileig, chuir Ludovic am funail dòigheil air an lampaidh agus chuir e sìos an t-siobhag mus sgàineadh a' ghlainne leis an teas. Sguir an ceò is an samh mì-thlachdmhor agus sgaoil an solas boillsgeach dha gach oisean dhen rùm. Bha Eachann air a dhòigh. "A! Mo bheannachd ort, 'ille. Chì sinn a-nis dè tha sinn a' dèanamh. Siuthad, a laochain, fosgail am preasa sin thall, 's thoir a-mach botal is glainneachan. Gabhaidh tu fhèin a-nis drama cuide rium. Cha mhisd' thu idir i, 's tu fuar."

Chaidh Ludovic a-null, ach ged a bha glainneachan ann cha robh sgeul air botal am broinn a' phreasa.

"Ach, a shìorraidh, càit idir an deach e?" ars Eachann nuair a chual' e seo. "Dad ort, ge-ta, dad ort, 'ille." Thòisich e air sporghail air feadh an rùm 's air cnuasachd feadh dhràthraichean is eile, agus e a' brunndail ris fhèin fad na h-ùine.

"Fuirichibh mionaid, Eachainn, fuirichibh. Tha laogh Hearach a-muigh an siud agus - "

"Laogh? Dè an laogh? 'Eil e air an rathad?"

"Chan eil, chan eil. Laogh Hearach a th' ann. Tha e san lòraidh."

"San lòraidh? A dhuine, nach iad a tha diabhlaidh gu sreap."

"Laogh a thàinig air a' bhàta a th'ann. An-diugh. A Loch an Fhìdhleir. 'Eil drudhag bhainne a-staigh a gheibheadh e, 's e gun bhainne, tha mi creidsinn, on a dh'fhàg e an Tairbeart?"

"O, seadh, seadh. Bainne? O, chan eil, a bhalaich ... chan eil ... chan eil a-staigh an seo ..." Thàinig an aileag dona a-rithist air. "Chan eil an seo na fhliuchadh teanga na piseig. Bhò air an t-seasgach, 'eil fhios agad. Tha o chionn ... ùineachan is ùineachan." Sheas e greis a' tulgadaich, 's e a' feuchainn ri cuimhneachadh cuin a thug a' bhò bainne mu dheireadh.

"Ach, coma leat dhen laogh! Chan eagal dha! Suidh thusa sìos an shin air do thòin agus gabh òran."

"Mun taca sa? Dhia, chan eil math dhomh!"

"Cò tha ràdh sin? 'S ann agad a tha! Suidh thusa sìos agus dèan an rud a thathar ag iarraidh ort. Ma tha feadhainn nan cadal, taigh na galla dhaibh! Nach math an dùsgadh a gheibh iad. Siuthad a-nis, gabh comhairle. Ma tha thu cho math 's a bha thu, 's fhiach dhaibh d'èisdeachd."

"Eachainn, tha e còrr is meadhan-oidhche -"

"Ma thogair eile."

"Uill, feumaidh mi a ghabhail air mo shocair."

"Carson, a Dhia? Dèan langan ma thogras tu, 'ille. Dìreach langan. Siuthad a-nis - fear sam bith a thogras tu."

"'N aithne dhuibh *'S Trom an t-Eallach an Gaol?*"

"O, shìorraidh, bheil e agad? Uineachan o nach cuala mi

e. Gabh e, gabh e!" ars esan, 's a shùilean a' lasadh.
 Thòisich Ludovic air a shocair, e an toiseach coma ach an t-òran fhaighinn seachad air dhòigheigin. Ach mar a chaidh e air adhart, cha robh dòigh air am fonn brèagha is air na seann fhaclan a ghabhail ach mar a b'fheàrr a b'aithne dha. Bha Eachann na shuidhe 's a shùilean dùinte, agus bha làn-amharas aige gu robh e air tuiteam na chadal. Chùm e air co-dhiù leis an òran, a dh'inns mun acain a thàinig uaireigin à cridhe leònte. Nuair a sguir e, dh'fhosgail Eachann a shùilean is thug e fàsgadh air a làimh.
 "O, dhuine, dhuine, dhuine! Nach bochd nach robh do chomas agam. Bha siud dìreach iongantach. Bha gu dearbha." Cha mhòr nach robh e a' caoineadh.
 "Nis! Cuimhnich air fear eile! Chan eil do chas a' falbh às a seo gu 'n cluinn mi fear eile." Dh'èirich e na sheasamh agus grèim aige air iomall a' bhùird mus tuiteadh e. "Tha cuimhn' agam a-nis càit an do chuir mi am botal, agus 's tusa a b'airidh air drama, 'ille. 'S tu gu dearbha. Dad thus' ort agus ... mura bheil e far a bheil mi smaoineachadh, bidh drudhag aig Murchadh Mòr fhèin, thèid mi 'n urras."
 "Eachainn, ma tha Murchadh an seo, iarraibh air greasad air 's mi airson falbh."
 Thionndaidh Eachann is chuir e a chuideam air a' bhòrd, taobh thall na lampadh. Bha fiamh seòlta na shùil. Bheachdaich Ludovic air a' chop a bha mu bheul is air an fhalt nach fhaca cìr bho nach b'fhios cuin. Bha solas na lampadh a' dèanamh chlaisean dorcha anns na busan rocach a bha dearg le ruthadh na dibhe.
 "Murchadh? ... Ho ho! Esan ... Thig esan nuair a bhuaileas e na cheann, a bhalaich. E trang a' suirghe, 'eil fhios agad. Air Mairead ... Uill, mar a thuigeas tu fhèin, cha chuir dad cabhag air suirghiche. Mura cuir teine, no crith-thalmhainn, no gunna ri thòin. Cha chuir gu dearbha."
 Dhìrich e a dhruim mar a b'fheàrr a b'urrainn dha. Ach thug an oidhirp cus às a chorp agus cha robh e a' gleidheadh a sheasamh-cas ach air èiginn. Thòisich e air tulgadaich, 's a shùilean a' sìor dhùnadh. Rinn Ludovic deiseil gu leum gu taobh thall a' bhùird 's a ghlacadh mus tuiteadh e. Ach le oidhirp mhòr eile, chaidh aig Eachann air a shùilean

fhosgladh agus thuirt e, "Fuirich thus' ort, a Ludovic, an sheo, is gheibh mise drama dhut gun teagamh. Gheibh, gheibh, a bhalaich, na biodh eagal ort. Ssh! Ssh! Na can guth a-nis." Chuir e corrag ri bheul 's bha "Ssh! Ssh!" aige a-mach an doras agus sìos gu ceann shìos an taighe. Bha a bhrògan a' dèanamh turtar a dhùisgeadh na mairbh.

Bha an taigh mòr, caran ìseal air a thogail agus na h-uimhir de rumannan ann. Ged a bha an doras air dùnadh às a dhèidh, chuala Ludovic fuaim nam bròg feadh nan rumannan a bha shìos. Ach ann an tiotan chual e fuaimean eile. An toiseach an cnead a rinn Eachann, mar gum biodh e air bualadh ann am balla no an ursainn, agus an uair sin fuaim mar gum biodh corp a' tuiteam air ùrlar. Rug Ludovic air an lampaidh agus leum e chun an dorais.

"Eachainn! Dè thachair? Eachainn?"

Ach cha tàinig freagairt no eile thuige às an dorchadas a bha shìos. Sheas e greis ag èisdeachd, agus an uair sin chual' e ... srann cruaidh na daoraich. Ach bha e pìos bhuaithe. Bha e mòr leis a dhol na b'fhaide, 's e gun eòlas, gun fhiathachadh far an robh e. Ge b'e càit an do thuit Eachann, bha e air cadal far an robh e, is bhiodh e ann gu madainn, a rèir choltais. Thill e an lampa chun a' bhùird san rùm, agus chuir e biùg oirre mus do thill e a-mach chun na lòraidh.

Cha robh aige ach aon siogarait air fhàgail, agus las e i. Dh'fhairich e am fuachd a-rithist a' laighe air a chnàmhan, agus bha tuar a' gheamhraidh sa ghealaich nuair a sheall e oirre. Droch àm dhen bhliadhna, shaoil e, 's a shùil air luimead nan cnoc 's air farsaingeachd ònrachdanach a' mhonaidh. Fuachd is dorchadas is droch shìde, agus a dh'aindeoin iodhlainnean làn, is gach ullachadh eile a dhèanadh daoine, 's iomadh creutair a readh a dhìth mus tilleadh am blàths. Bha an geamhradh a' tighinn air Eachann cuideachd, shaoil e, oir bha e air a dhol bhuaithe gu mòr on a chunnaic e mu dheireadh e. Oidhcheigin, agus 's dòcha nach b'fhada thuige, thuiteadh e san dorchadas is chan èireadh e tuilleadh. Bha an fhearg a dh'fhairich e roimhe air traoghadh, ach bha an t-eallach seo a bha a' brùthadh a spioraid na bu truime na dh'fhairich e riamh. Chuimhnich e air a' bheathach a bha sa chùl. Cha robh cho fada on a bha esan a' purradh 's a' bocadaich air croit sna Hearadh, a' ghrian ga bhlàthachadh is ùth a mhàthar ga chofhartachadh. Ach a-nochd bha e fuar, acrach, gealtach, 's gun e a' tuigsinn dè bh' air tachairt dha. Ciamar a thuigeadh e aineolas dhaoine?

Leag e an uinneag airson am bun a shadail a-mach agus chual' e coiseachd Mhurchaidh, 's e a' tighinn gu cabhagach. Dh'fhosgail esan an doras agus leum e a-staigh air an taobh thall.

"Uill, uill. An t-àm againn falbh, dè? Chaill mi mo shùim, dìreach. Ach, cha bhi sinn fada! Cha bhi sinn fada nis, coma leat. Bidh sinn aig an Tobhtaidh ann am mionaid."

Cha duirt Ludovic guth gus an d'ràinig iad ceann an rathaid mu choinneamh taigh Màiri Anna. "Dè th' agam ri thoirt dhut?" dh'fhaighneachd e, cho magail 's a b'urrainn dha, nuair a stad iad.

"O ... uill ... fuirich a-nis. Ach, nach can sin not fhèin?"

Cha mhòr nach do rinn Ludovic lasgan, am mòthar bu mhotha rinn e riamh, leis cho mì-choltach 's a bha an gnothach. Ach bha e air fhaicinn gu robh solas fhathast aig Màiri Anna, agus phàigh e Murchadh cho luath 's a b'urrainn dha agus thog e am baidhsagail às an deireadh. Bha e air cromadh a-nuas nuair a chuimhnich e air an laogh. Chuir e am baidhsagail sìos a dhìg an rathaid, agus dh'fhalbh e a choiseachd timcheall chun an toisich. Ach mus do ràinig e an doras b'fheudar dha leum air ais, is Murchadh air falbh na chabhaig.

Bha Màiri Anna air fuaim na lòraidh a chluinntinn. Nuair a bha e a' cur a' bhaidhsagail an tacsa ris a' chruaich, bha i aig an doras, a cumadh dubh eadar e 's an solas.

"Coma leat dheth. Caith am badeigin e is greas ort a-staigh, 's i cho fuar." Bha i a' cumail a guth ìseal, mus dùisgeadh i càch. Nuair a dhùin e an doras dh'aithnich e, ged a bha faobhar an uallaich 's na mì-fhoighidinn na guth, nach robh i cho crosda 's a shaoil e a bhiodh i.

"Cha robh fhios a'm dè bh' air tachairt dhut. Càit idir an robh thu chun a seo?"

Ann an dòigh nach robh e a' tuigsinn ro mhath, cha robh e airson an fhìrinn innse. B'fheàrr dha cuideachd gun iomradh a thoirt air an not, air no bhiodh i a-null a' chiad rud sa mhadainn a thoirt na h-aghaidh air Murchadh, 's gun dad aice mu dheidhinn co-dhiù.

"Tha mi duilich, a Mhàiri Anna. Air m'onair. Cha robh mi airson a bhith cho anmoch seo, ach fhuair mi puncture air rathad na mòintich 's cha robh dad agam a chàireadh e. B'fheudar dhomh tòiseachadh air coiseachd gus an do rug Murchadh orm, dìreach an taobh sa dhen Dùn."

Bha a làmh air a' choire, 's i a' coimhead air gu dùrachdach. "A dhuine bhochd! Shìorraidh, nach tu bhios sgìth! Suidh a-bhos aig an teine, 's nì mi drudhag tì. Chan eil agam ach briosgaidean. Tha fhios g'eil an t-acras ort. An dèan iad an gnothach?"

"Nì, nì, fior mhath. Tha mi coma fhad 's a gheibh mi balgam tì."

Nuair a lìon i a' phoit, chaidh i null chun an dreasair. "Dad ort, fhad 's a bhios an tì a' tarraing, b'fheàirrd' thu drudhag dhe seo." Chuir i am botal is a' ghlainne air a' bhòrd. "Seo am botal a thug thu fhèin dhachaigh," ars ise. "Nach sinn a tha air a bhith stuama, ge-ta, 's gun mòran air a thoirt às!"

Bha i air ais 's air adhart chun a' bhùird le cupannan is briosgaidean, 's i a' còmhradh a-null 's a-nall. Bha a guth socair a-nis, is an t-uallach air falbh dhith. Thug e an aire cho sgiobalta 's a bha i, le gùn-dreasaigidh air a cheangal teann mu meadhan agus sliopars ùra uaine air a casan. Gu dearbha, bha an rùm, is an taigh uile-gu-lèir, cho glan 's cho cofhartail a' coimhead an dèidh taigh dràbhail Eachainn.

"An deach thu a chadal idir?"

"Chaidh. Rinn mi beagan norradaich greiseag, ach, och, cha b'urrainn dhomh cadal dòigheil. Mu dheireadh dh'èirich mi, 's rinn mi beagan fuaigheil. Bha Eòghainn a-bhos greiseag. Cha chreid mi nach robh beagan uallaich air fhèin mu d'dheidhinn cuideachd. Ach ruaig mi sìos air ais e, nuair a bha e a' teannadh air meadhan-oidhche, 's bha e na shuain ann an tiotan. Tha a' chailleach na suain i fhèin, o chionn fada. Ach coma leat - sa mhadainn bidh i gearain nach d'fhuair i norradh fad na h-oidhche!"

Thug i nall a' phoit-tì, is shuidh i mu choinneamh aig a' bhòrd, a làmhan paisgte fo h-uchd. Le blàths na tì agus an uisge-bheatha na bhroinn, agus teas an teine air a shliasaid, dh'fhairich e cofhartachd a' laighe air a chom. Dh'fhairich e cuideachd sonas iongantach. Thug e an aire mar a bha i air a falt a leigeil sìos agus mar a bha seo a' cur dreach na b'òige oirre air dhòigheigin. 'S cha robh duine nan dùisg ach iad fhèin. Chrom i a-nall ris tarsainn a' bhùird agus thug e an aire, nuair a thog e a shùil gu cabhagach o broilleach, gu robh fiamh a' ghàire na sùil.

"Inns a-nis an fhìrinn. Càit an robh thu?"

"Cha do chreid thu diog dhe na..." Rinn Ludovic gàire, 's e a' faireachdainn aodainn a' fàs dearg.

"Cho luath 's a thàini' tu staigh, 'ille, dh'fhairich mi àileadh a' chruidh asad. Feumaidh mar sin gu robh thu am bàthach air choireigin - a' suirghe, tha mi cinnteach."

"O, sin agad an laogh! Bha e a' deoghal mo chorragan, nuair a stad sinn."

"Nuair a stad sibh? Dè bha sibh ris?"

Cha robh dol às ann a-nis ach a h-uile dad a thachair innse dhi on mhionaid a bhuail e sa chloich chroiseil ud, a-muigh sa mhòintich. Anmoch 's gu robh e, shuidh i is dh'èisd i ris, agus dh'fhairich e a ghuth 's a ghiùlan a' fàs na bu dàine. Nuair a dh'èirich i a sgioblachadh a' bhùird, dh'èirich e fhèin cuideachd a thoirt làmh dhi le na cupannan 's na truinnsearan, 's i deònach an nighe. Thug iad a-staigh feadhainn an urra dhan chidsin.

Bha a' ghaoth air atharrachadh 's air neartachadh a-nis. Chual' e fead fhuar mu na h-ursainnean agus shaoil e gur ann a bha iad mar fhear is bean, seasgair sa chidsin bheag, bhlàth seo a' sìneadh shoithichean dha chèile. Ach uair dhe na h-uaireannan, shìn e cupa thuice agus cha do rug i dòigheil air. Thug i boc aiste, às a dhèidh, ga ghlacadh, agus theab i tuiteam. Chuir e làmh a-mach gu cabhagach a chumail tacsa rithe. Aig an dearbh àm ghlac a shùil far an do dh'fhosgail broilleach a' ghùin beagan, agus fhuair e sealladh aithghearr dhe na cìochan geala, cumadail. Rinn ise tapag 's an uair sin lasgan, taingeil nach do thuit i is nach deach an cupa na spealgan. Bha a làmh air a gualainn agus dh'fhairich e a falt a' slìobadh caol a dhùirn. Nuair a theannaich a mheòirean sheall i air, iomagaineach, an clàr an aodainn.

Bha buille a' ghleoc an ath doras cho cruaidh ri brag an ùird agus chual' e fead na h-analach aige fhèin.

Ach shìos aig a' chladach bha a' ghaoth pheithreach a' bualadh mu na bàigh, 's a' dèanamh air an taigh. Chual' iad a' tighinn i. Thàinig fead is brùthadh feargach, glamhach air an doras a-muigh, agus an uair sin na clachan-meallain air an uinneig. Cha do mhair e ach mu leth mionaid agus bha a làmh fhathast air a gualainn. An dèidh sùil uallachail a thoirt air an uinneig, sheall i air ais air.

"Mhàiri Anna -"
"A ghràidh, dad ort. Cha bhiodh e iomchaidh."

Bha a guth cho ìseal 's gur gann a ghlac e na thubhairt i. Thionndaidh i bhuaithe air ais dhan rùm, ged nach robh iad deiseil dhe na soithichean. Thug e an aire gu robh i air chrith, 's nach b'e fuachd na h-oidhche no cion a' chadail bu choireach. Thòisich i air smàladh an teine, cabhagach, 's gun i a' ràdh guth. Mu dheireadh thuirt i, thar a guailne, "Nach ann an siud a bha a' ghaoth eagalach? Cha chreid mi nach b'fheàirrde mi fhìn tè bheag mun tèid mi a chadal. Lìon tè dhut fhèin cuideachd."

Lìon e na glainneachan mar a b'fheàrr a b'urrainn dha, 's a' chrith fhathast na làimh.

Nuair a chuir e às an solas na rùm fhèin 's e san leabaidh, bha a' ghealach soilleir, fuar os cionn gualainn na beinne. Bhiodh reothadh ann cinnteach ro mhadainn. B'ann nuair a chuir e a bhuinn air a' bhotal-theth, 's a shocraich e e fhèin ann am blàths na leapa, a chuimhnich e air an laogh Hearach - fuar, gealtach fon chanabhas.

Urnaigh

*T*aobh thall nan cuan, taobh thall na gaoithe,
gun aithreachas gan claoidh nas mò
ann am meadhan na h-oidhche,
tha mo dhaoine nach maireann.
Guidheam fois dha gach anam a-nochd.
Mura dùisgear a chaoidh iad le fead gaoith geamhraidh,
no trumpaid aingeal no turtar nan tonn,
guidheam sìth gu robh aca nuair theirig an anail
mar ghuth sgeulaiche, 's gun an còrr ri inns',
's nuair a thuit an t-sàmhchair throm
air ballaichean na caithris,
guma togarrach a dh'fhalbh iad, na fiachan pàighte
's na lochdan fad' air dhìochuimhn',
gun smaoin air Teine Mòr no cuimhn' air guth a' bhurraidh
a dh'eubh à cùbaid gu robh iad peacach, ifrinn-thoillteach.

A' Ghruagach a Thadhal

"Got everything, then, eh? Last month's returns - and oh, the reports on the feasibility study? They were in the blue folder."

Ghnog e a cheann rithe agus aire air rudan eile.

"Sure you haven't forgotten anything?"

Ghnog e a cheann a-rithist is snodha gàire air.

"Quite sure, Julie - don't worry, I've all the bumf I need, right here."

Thog e am baga dubh bhàrr na deasg is sheall e oirre le coibhneas. Jule bhochd. Julie Prentice. Tè bheag ghrinn à Glaschu. Dà mhìos eile is bhiodh i fhèin is Brian a' pòsadh. Bhiodh e ga h-ionndrain nuair a dh'fhalbhadh i, is gun fhios am biodh an tè a thigeadh na h-àite cho sgiobalta no cho dòigheil san oifis.

"Right, then, Mr Morrison - have a good conference. 'S a shame about the car, so it is, just when you need it."

"Och, that should be all right - the garage'll fix it. However, I'd better get along there early, just in case."

"Aye ... sure. Ye nivver know, they take that long sometimes ... and if your wife phones?"

"Oh, tell her about the trouble with the car and that I'll be back Saturday - but then she knows that already."

"Fine, then. Well, have a good trip."

Bhuail e na cheann pòg a thoirt dhi. Pògadh pongail socair fon chluais, far an robh bun an fhuilt ri fhaicinn fo na dualan a bha a' tuiteam mu h-amhaich. Ach leig e bhuaithe an smaoin is thug e ceum air falbh. "Right, Julie, see you Monday. Have a good weekend and behave yourself, if you possibly can."

Thainig fiamh fann a' ghàire oirre, ach cha b'ann èasgaidh sam bith, thug e an aire. Jule bhochd, bha i airidh air fear na

b'fheàrr na Brian. 'S e dìreach call a bh' ann.
Choisich e gu far an do dh'fhàg e an càr ann an tè dhe na sràidean-cùil, duilich gum b'fheudar dha a' bhreug innse do Julie. Ach, uill ...
Chuir e dheth a sheacaid is chuir e dhan chùl i cuide ris a' bhaga agus thruis e a mhuilcheannan. Bha an latha air tighinn blàth, bruthainneach. Cha robh e fhathast ach beagan an dèidh a naodh, agus aon uair 's gu faigheadh e sròn a' chàir air rathad mòr Shruighlea, cha bhiodh e fada. Bhiodh e cuide rithe ro dheich, ged a thuirt e aon uair deug rithe air a' fòn air eagal 's gun dreadh maill a chur air.
Stad e aig na solais agus iad dearg mu choinneamh, agus beagan an dèidh sin stad Cortina ri thaobh. Thug e sùil air an teaghlach. A' falbh air na lathaichean-saora, a rèir choltais, leis na bha de bhagaichean aca air mullach a' chàir, ach cha robh dreach ro thoilichte air a h-aon aca. An duine 's a bhean san toiseach gun fhacal eatarra agus gille òg mu ochd no naodh anns a' chùl agus a cheann crom. Nuair a thug e sùil na b'fheàrr air, chunnaic e gu robh an gille air a bhith a' caoineadh gu goirt, agus bha deoir fhathast gun tiormachadh air a bhusan. Cho luath 's a thàinig a' chiad phriobadh dhen uaine, thionndaidh an Cortina chun na làimhe deise agus dh'fhalbh iad le sraon a-null an ear.
Chum esan air a tuath, agus an gnothach a' dèanamh dragh dha. Air latha brèagha mar siud, gu dè a dh'fhàg an gille bochd ud fo uimhir a bhròn? Am biodh a mhàthair no athair a' toirt spochaidhean air gun sgur, no a' bristeadh a chridhe le an aimhreitean millteach fhèin? Aig sealbh a bha brath, agus carson a bha e cho deiseil gus a' choire a chur air na pàrantan? Nach fhaodadh gur e droch nàdar no mì-mhodh a' ghille fhèin bu choireach? Bha fhios aige fìor mhath carson, agus e a' cuimhneachadh air a theaghlach fhèin. A liuthad uair a bhiodh Seasaidh a' toirt sgolaidhean uabhasach air a' chloinn nuair a bhiodh iad còmhla sa chàr. Is gun adhbhar sam bith air, mar bu trice. Sin a bhiodh a' cur na feirge air. Cha do thuig e riamh carson a bha i cho trom orra- gan cronachadh 's gan smachdachadh a h-uile mionaid dhen latha, a' milleadh gach spòrs is toileachais a bhiodh aca còmhla.

Agus nuair a chaill iad Eòghainn ann an '71 - a Dhia nan gràsan, nuair a smaoinicheadh e air - bha i na bu truime buileach air Jenny, mar gum biodh an truaghan sin a' giùlain smachdachadh dithis. Ach cha b'e sin dhaibh an-diugh e! Nauair a thionndaidh Seasaidh cho mòr na aghaidh-san, cha robh creutair air an t-saoghal ach Jenny, a rèir a màthar, agus bha esan air a ghlasadh a-mach le dithis bhoireannach. 'S ann aca fhèin a bha an cumhachd! Bha Jenny air a dearg mhilleadh aig a màthair a-nis, is cha robh rud a dh'iarradh i nach fhaigheadh i aig a' cheann thall. As t-fhoghar thòisich i san Oilthigh. Dh'fheumadh i flat dhi fhèin agus càr. Bha an dà chuid aice nis, ge b'oil leis-san. B'eòlach a h-athair air flat dha fhèin agus càr aig a h-aois!

Ach a dh'aindeoin sin fhèin bha e fhathast measail air Jenny. Bha fhios aige gu robh i a' tuigsinn, ann an tomhas air choreigin, gu robh esan air a leòn is air a chur thuige gu math tric, ach cha b'urrainn dhi a dhol an aghaidh a màthar ro mhòr nuair a chuimhnicheadh i mar a bha, uair dhen t-saoghal. 'S cinnteach gur ann nuair a chaochail Eòghainn a thòisich gnothaichean air a dhol ceàrr. Cha robh Seasaidh airson a' chòrr teaghlaich a-muigh no mach, agus bha esan cho crosda aig an àm. E a' faireachdainn ciontach nach do sheas e air taobh a' ghille bhochd na bu trice, an aghaidh a mhàthar. Ach nach e sin a' chrois san t-saoghal a th' ann. Ma sheasar còir aon duine, nithear nàmhaid dhen duin' eile!

Bha e a' teannadh faisg air Sruighlea. Ann am beagan ùine lorg e an rathad a bha a dhìth air agus chum e air tron bhaile agus suas a tuath. Cairteal na h-uarach eile, no mar sin, is chitheadh e Linda.

Nuair a ràinig e a' hotel 's a bha e a' coimhead airson àite far an cuireadh e an càr, chunnaic e i. B'e an cù a nochd an toiseach, timcheall ceann eile na hotel - Jack an coilidh dubh, agus e air a dhòigh gu mòr. 'S e "Jack the Ripper" a thug i air nuair a bha e na chuilean 's e a' sracadh rudan cho tric. Nochd i fhèin an uair sin agus thug a chridhe leum às. Bha briogais ghlas oirre agus blobhs gorm agus a falt dubh a' deàrrsadh sa ghrèin.

Bha i ag doras a' chàir ann an tiotan a' suathadh caol a dhùirn, mar nach biodh i a' creidsinn gu robh e air nochdadh cho tràth. Bha Jack e fhèin air aithneachadh, agus thainig e a-nall 's e a' crathadh earbaill. Mun tàinig e às a' chàr, shìn i dha an iuchair. Room 47, thug e an aire mun do chuir e na phòcaid i. "Go on up," thuirt i. "I'd better walk this rascal for a bit, or he'll never settle, but it'll be the shortest walk he's had since we came here!"

Bha an rùm grinn, snasail agus dreach na cofhartachd air a h-uile oisean dheth. Bha tè dhe na h-uinneagan fosgailte agus chual' e gu taisbeanach comhartaich Jack a' tighinn on chnoc shuas faisg air iomall na coille. Bha àileadh cùbhraidh air feadh an rùm, measgachadh dhen t-seant aice agus àileadh nan dìtheanan a bh' air a' bhòrd. Bha barrachd is dìtheanan air a' bhòrd, thug e an aire, is thainig snodha gàire air. Botal malt gun fhosgladh agus, ri thaobh, dà ghlainne chriostail agus soitheach uisge.

Chuir e beagan a bharrachd na ghlainne fhèin 's a chuir e dhan tèile. Bha fhios aige nach robh i dèidheil sam bith air uisge-beatha, ach ghabhadh i drama cuide ris on a chòrdadh sin cho math ris. Agus bha i air cuimhneachadh cuideachd gur e seo am brand a b'fheàrr leis. Bha coibhneas innte a bha iongantach. Sin bu choireach gu robh i an seo ann an àite far nach b'aithne dhi duine. Is a bharrachd air a' mhadainn seo fhèin, cha bhiodh aca ach feasgar a-nochd còmhla - sin nam faigheadh e air falbh air leisgeul air choreigin o na daoine cuthaich a bhiodh aig a' cho-labhairt. Shuidh e san t-sèithear mhòr is thug e balgam às a' ghlainnidh.

Cha robh i fada gun tighinn. An dèidh nam pògan thòisich e air bruidhinn. E a' feuchainn ri innse dhi mun aoibhneas is mun iongnadh a bha air a shiubhal. Mar a bha e a' tighinn thuice gach uair mar fhear a bh' air a chreideamh a chall - creideamh ann an cumhachd iongantach a' ghaoil - agus a' toirt dùbhlan dhi iompachadh. Agus a-nis bha e a' tachairt a-rithist, mar a bha e uair is uair, a' mhìorbhail a bh' ann cho nàdarra 's cho ... Stad e is rinn e gàire beag, nàrach. "Highland man speak with halting tongue and many cliches." Rinn i lasgan. "Amadain!" ars ise (cha mhòr an aon fhacal Gàidhlig a bh' aice), agus shuidh i air a ghlùin. Chual' e ceilearadh nan eun anns na craobhan agus e a' fuasgladh putain a broillich.

Anns a' hotel ann an Sruighlea bha cuid mhath air cruinneachadh a-nis, agus glainne searaidh ann an dòrn gach duine. Bha Manson fhèin nan teis-meadhan eadar MacAndrew, Phil Dalgetty agus Joe Renton. Smèid Manson ris agus chaidh e a-null. "Ah, Morrison, there's been a phone message from your office - Miss Prentice, isn't it? ... Anyhow, hope there's nothing wrong. Appears your wife rang her - some sort of crisis at home, I believe. Too bad when you've just arrived; maybe you'd better ring your wife S.A.P. If you have to go back it can't be helped. Anyhow, let me know, would you?"

Lorg e fòn taobh a-muigh an rùm. Chual' e a guth a' freagairt. "Hello? Uilleam a th' ann. Dè th' air tachairt?" Bha glug a' chaoinidh na guth.

"Càit idir an robh thu madainn an-diugh, nuair a bha feum ort?"

"An do dh'innis Julie dhut idir?"

"O, an càr? Cha robh dad ceàrr air an-dè nuair a bha e agamsa."

Chuir a droch amharas an cuthach air. "Cha robh dad ceàrr air an *Titanic* gus an deach a tolladh! Gu sealladh Dia orm! ... Co-dhiù, gu dè th' air tachairt a-nis?"

"Jenny, tha eagal orm."

"Jenny? Dè mu deidhinn?"

"Uill, tha fhios a'm nach robh thu airson dhi dhol a Lunnainn cuide ri ... cuide ris an tè ud - Lucy ..."

"Gu dearbha, cha robh. Droch isean ma bha i riamh ann. Ach gu dè th' air tachairt?" Chual e i a' caoineadh, 's a' guileag, 's a' sèiteanaich. "An ainm Dhia riut, nach inns thu dhomh dè thachair!"

"Uill, tha i san ospadal o raoir - tha e coltach gun do ghabh i overdose..."

"Overdose? O, an òinseach an damanaidh! I fhèin 's a h-overdose. Bheil dad fasanta air fhàgail nach do dh'fheuch i fhathast? Gu sealladh Dia oirnn, dè an ath rud?"

"O, 's math a bha fhios a'm gur e sin a chanadh tusa! Chan eil truas no tuigse no dad eile agadsa..."

Chual' e a guth mar a chual' e na mìltean thursan e, agus leig e leatha cumail oirre ga chàineadh 's ga chronachadh. Mu dheireadh thuirt e, "Uill, 's fheàrr dhuinn a dhol sìos cho luath 's a ghabhas. Bruidhinnidh mi ri Manson - 's dòcha gu faigh sin a' shuttle a-nochd fhathast. Fòn fhèin cho luath 's a ghabhas agus ... ma gheibh thu cothrom, caith rud no dhà dhomh ann am baga. Mura faigh, nì mi fhìn e nuair a ruigeas mi."

Mun do mhothaich e, bha e a' dèanamh còrr is 90 air an rathad air ais a Ghlaschu leis an fheirg a bha air fheadh. Choimhead e roimhe is às a dhèidh, ach ged nach robh sgeul air poileasman no eile, ghabh e an gnothach na bu shocraiche. Cha robh reusan an t-saoghail cabhag a bhith air a-nis. Dh'fheumadh e stad mus ruigeadh e dhachaigh agus fònadh gu Linda. Chuimhnich e mar a thuirt i ris turas agus e a' bruidhinn rithe mu dheidhinn a theaghlach fhàgail agus a dhol cuide rithe cunbhalach. Thuirt i ris gu robh e, ged nach robh fhios aige air, a' feitheamh gus an tilleadh Jenny, is bhiodh e saor an uair sin. Ach cuin a thigeadh an latha sin? An robh Jenny air chall gu tur a-nis, cho fada bhuaithe 's gun toireadh e an còrr dhe bheatha - na bha air fhàgail - mus tilleadh i air an astar eagalach a bha eatarra? Dh'fhairich e an fhearg a' greimeachadh air às ùr agus thug e an aire gu robh an t-snàthad a' teannadh ri 90 a-rithist.

A' Phrosbaig

Thug Anna an aire nach robh mòran aig Murchadh ri ràdh fhad 's a bha iad a' gabhail cupa tì san t-saloon. Bha iad a' tilleadh às an Oban leis an dà chàr ùr. 'S cinnteach gu robh Murchadh rudeigin diuid ag òl tì cuide ri piuthar a mhaighstir, 's gun e air a bhith fada ag obair aca. Bha iuchraichean a' chàir aige na làimh 's e gan gliogadaich.

"Ma tha thu deiseil, a Mhurchaidh," ars ise, "agus airson falbh, na fuirich idir rium sa. Nach tèid thu suas cuairt air an deic, 's am feasgar cho brèagha."

"O, cha d'fhiach dhomh," thuirt e, "tha sinn gu bhith staigh. Cha chreid mi nach tèid mi sìos dhan chàr. Ma gheibh sinn cothrom idir, b'fheàrr dhuinn faighinn air tìr cho luath 's a ghabhas. Quick getaway, 'eil fhios agaibh."

"Siuthad, ma-tha," thuirt i, 's i a' tuigsinn gu dè a dh'fhàg a' chabhag air. Bhiodh taigh-seinnse Chreag Thormoid gus dùnadh mus ruigeadh iad dhachaigh.

Las i siogarait agus chuir i crìoch air an tì mus do dh'èirich i mach. Nuair a chaidh i air an deic, chunnaic i gu robh iad mu choinneamh nan Sgeirean Maola, 's air lùbadh a-staigh gu Loch a' Chìobair. Ged a bha cuid mhath dhen fhoghar seachad, bha còmhlan math de luchd-turais air bòrd, air an deagh dhòigh gu robh an t-sìde cho brèagha. Bha an cladach 's an cuan, na cnuic 's na sgeirean mar a bha iad riamh, shaoil Anna, 's i a' cuimhneachadh air na h-amannan a bhiodh i a' tilleadh dhachaigh nuair a bha i na b'òige.

O, 's e bàta ùr a bh' ann gun teagamh, agus cha bhiodh a màthair ga feitheamh a-nochd air a' chidhe. Ach nuair a dhèanadh i a-mach na b'fheàrr na sgairbh air na boghannan, is na blianagan gorm aig gob Rubha nam Bràithrean, shaoileadh i nach robh dad air atharrachadh on uair ud ach i fhèin.

Dh'fhuirich i gus an do cheangaileadh am bàta, 's i a' coimhead na feadhainn a bha air cruinneachadh mun chidhe. Ach nuair a dh'fhosgail na dorsan gu h-ìseal, 's a chual' i dranndan na lift, shaoil i gum b'fheàrr dhi greasad sìos mus dreadh Murchadh às a rian le uallach. Shìos am measg nan càraichean 's nam bhanaichean, chunnaic i e na shuidhe san Renault agus chual' i an t-einnsean aige a' cur nam both dheth. Bha i an dòchas gun gabhadh e an gnothach air a shocair is nach èireadh dad dha fhèin no dhan chàr air an rathad dhachaigh.

Chaidh i a-null far an robh am Mercedes agus shuidh i na bhroinn, a' feitheamh cothrom na laimrig. Gu dearbha, bha an càr ùr cofhartail, agus nuair a fhuair i cuidhteas an cidhe mu dheireadh leis 's a bha i a' dìreadh Chnoc an Tuairneir, thug i an aire cho cumhachdach 's cho deònach 's a bha e. Bha i toilichte gu robh e a' dol gu fear a bheireadh deagh aire dha. Nuair a dh'fhaighneachd i do Lachlainn a bràthair, an-dè, cò an t-oifigeach Airm a dh'òrdaich e, rinn e gàire.

"Chan e no oifigeach, a laochag, ach iasgair!"

"Iasgair?"

"Seadh. Seonaidh Dhòmhnaill na Tobhta. Sin agadsa an giomach, a laochag - piseach do dh'fheadhainn, 's crois do chuid eile." Is b'e sin an fhìrinn. Cuid a chaidh gu deoch 's gu mì-rian le airgead nan giomach, ach bha feadhainn, mar a bha Seonaidh, nach robh cho luideach.

Nuair a ràinig i dhachaigh 's a chuir i an càr dhan gharaids, bha an Renault am measg nan càraichean ùra eile, 's gun sgeul air Murchadh. Thàinig Lachlainn a-mach a thoirt cuideachaidh dhi a' dùnadh nan dorsan. Bha e air a dheagh dhòigh, agus thuig i mun do dh'innis e dhi gu robh cuideigin air càr eile òrdachadh on a dh'fhalbh i. Nuair a chaidh iad a-staigh, 's a fhuair i boiseag a thoirt air a h-aodann, rinn Anna cupa cofaidh. Shuidh iad greis a' bruidhinn a-null 's a-nall, agus an dèidh sùil a thoirt air an telebhisean, thuirt Anna mu dheireadh gu robh i a' dol suas a chadal, 's i beagan sgìth.

Stad i greiseag mu choinneamh uinneag mhòr na staidhre 's i a' coimhead a-null air raointean Bhail' 'IcIllEathain - am baile aca fhèin, uair dhen t-saoghal.

Nuair a bha am fearann ud san teaghlach, cha robh ploc dheth nach biodh fo bhàrr. Eich is crodh agus daoine - na h-uimhir dhiubh a' tighinn mun taigh aig àm na buana. 'S tric a bhiodh am màthair ag innse dhi mun sgiobadh a bhiodh aca aig àm an fhoghair, 's cho trang 's a bhiodh iad aig àm bìdh. Agus cho tric 's a bhiodh a h-athair a' falbh le dròbh bheathaichean a-null gu Loch a' Chìobair. Cha mhòr a bheathaichean, ma bha gin idir, a dh'fhalbhadh à Bail' 'IcIllEathain an-diugh, 's daoine ag obair air a' ghiomach no aig an Arm. Bha uaireannan mar seo, sa chòmh-thràth, a bheireadh i a chreidsinn oirre fhèin gu robh an t-seann bhuaile làn sprèidh uair eile, agus a dhùraigeadh i gu robh Lachlainn cho dèidheil 's cho math air tuathanachas 's a bha e air obair chàraichean, agus an aite garaids gu robh am fearann air ais aca. Ach bha amharas aice cuideachd, nuair bu mhotha a bhiodh i a' caoidh àileadh cùbhraidh nan sguaban arbhair 's a' cuimhneachadh blas na deoch-mhine à crogan, nach robh an sin ach gòraiche. Gum b'e an òige, 's nach b'e an obair, a bha i a' caoidh an-diugh.

Chùm i oirre gu mullach na staidhre is thionndaidh i gu cùl an taighe, far an robh rùm is cidsin beag aice dhi fhèin. Nuair a bha i a' tarraing nan cùirtearan thug i an aire do rud annasach. Bha solas à seann taigh Fhionnlaigh, a bha falamh o chaidh e fhèin 's an teaghlach a Ghlaschu, agus bha càr uaine aig ceann an taighe. Mus do tharraing i an cùirtear dòigheil, thàinig fear a-mach air an doras-chùil a dh'iarraidh rudeigin às a' chàr.

Bha e àrd, car mun aon aois rithe fhèin, agus falt bàn air. Chuimhnich i an uair sin gu fac' i e am feasgar sin fhèin air an rathad à Loch a' Chìobair agus gun do smèid i dha nuair a leig e seachad i aig Airigh nan Dròbhair. Feumaidh gun tàinig e air an aon aiseag rithe fhèin, ge 'r bith dè bha e a' dèanamh an taigh Fhionnlaigh.

Nuair a chaidh i sìos sa mhadainn bha Lachlainn a' leughadh a' phàipeir, 's e air a bhraiceast a ghabhail.

"Nàbaidh ùr againn, tha mi cluinntinn," ars esan. "Fear Suaineach. Sven a th' air. Olavson ... no Erikson, no rudeigin mar sin. Tha e air taigh Fhionnlaigh a cheannach 's a' dol ga chur air dòigh airson àite bìdh is charabhanaichean an ath-bhliadhna."

"Cò bha ràdh seo?"
"Cò ach Ruairidh, an *Daily Record*, nuair a bha e bhos leis a' bhainne."
"'Eil a bhean cuide ris?"
"Chan eil e pòsd' idir, tha e coltach."
"Ach, a shìorraidh, ciamar a nì e 'n gnothach leis fhèin?"
"O, uill, tha e an shiud co-dhiù, bith ciamar thèid dha, ach gu dearbha cha dèan e mòran gun fhios do Ruairidh."

Nuair a thill i am feasgar ud suas dhan rùm aice, bha an Suaineach trang aig cul taigh Fhionnlaigh 's e a' càradh feansa. Bha e air sgioblachadh mòr a dheanamh mu thràth, chunnaic i, agus bha am feur aige air a lomadh gu brèagha.

Nuair a thill i an ath fheasgar bha e a' cur Snowcem air ballachan an taighe. Sheas i greis a' coimhead gus an do chuimhnich i air a' phrosbaig - an t-seann phrosbaig a thug bràthair a màthar dhi mus do chaochail e. Thug i a-mach às an drathair i agus, mun do smaoinich i dè bha i ris, sheall i troimhpe a-null gu taigh Fhionnlaigh agus air an fhear a bha air an fhàradh. Chitheadh i e cho faisg oirre 's ged a bhiodh e ri taobh, agus a h-uile fiamh a thigeadh air aodann.

Sin mar a thòisich am fasan a bh' aice bho chionn ghoirid. Iomadach uair, nuair a chuireadh i a' phrosbaig air ais dhan drathair, 's a chitheadh i an t-ainm air a cliathaich, bhiodh uallach oirre. Dè a shaoileadh *Captain Hugh MacDonald R.N.* dhith an ceartuair, nam biodh fhios aige air a' chosnadh a bh' aice? Agus bha nàire gu leor oirre cuideachd nuair a thachradh i ri Sven fhèin. A' chiad turas a thachair i air sa bhùthaidh, choimhead e oirre 's rinn e snodha gàire, 's e a' dèanamh leth-aithneachadh oirre. Bhruidhinn i a-null 's a-nall ris greis, agus thuirt i gu robh i an dòchas gun còrdadh an t-àite ris agus, ma bha dad idir a dhìth air, gun e bhith diùid no deireannach ga iarraidh orrasan. Thill i dhachaigh 's i a' mionnachadh nach toireadh i a' phrosbaig às an drathair gu bràth tuilleadh. Cha robh ann ach cosnadh suarach a bhith a' liùgadh air duine mar siud.

Gach dàrnacha latha fad an fhoghair bha naidheachd ùr air choreigin mun t-Suaineach aig Ruairidh 's aig feadhainn eile. Duine glan dha-rìribh, bha iad a' ràdh. Nach do ghabh e dà cheathramh de dh'òran Gàidhlig aig cèilidh ann an Loch

Pheadair, 's nach robh e 'g ionnsachadh an fheadain o Chalum Beag?

Thàinig a' phrosbaig às an drathair a-rithist - uair an dèidh uair. Bha i cearta coma a-nis cò a bhiodh diombach, agus a' phrosbaig a' tabhann cothrom dhi nach d'fhuair i riamh roimhe air eòlas fhaighinn air fear, gun chunnart sam bith gum bite a' bruidhinn mu deidhinn. Bha i a' tuigsinn a-nis cho fìor ònrachdanach 's a bha i agus an cion mòr a bha oirre. Cha b'e cion airgid no cofhartachd, agus i fhèin is Lachlainn 's a bhean a' faighinn air adhart glan còmhla. Ach bha an t-airgead 's a' chofhartachd, is gu h-àraid am foghlam a fhuair i, air sgaradh a dhèanamh eadar i agus gach fireannach a b'aithne dhi. Bha i ag aithneachadh nach robh cion airgid no foghlaim air Sven. Bha rudeigin socair, uasal na ghiùlain. Fad a' gheamhraidh, nuair nach robh uimhir ri dhèanamh san oifis, dhèanadh i leisgeul a dhol suas an staidhre agus dh'fhosgaileadh i an drathair deiseil gus an nochdadh e.

Bha earrach brèagha ann a' bhliadhna ud, agus b'ann gu math mì-shunndach a readh i dhan oifis lathaichean agus fhios aice gu robh Sven a-muigh na bu trainge na bha e riamh a' peantadh 's a' sgioblachadh.

Aon mhadainn nuair a dh'èirich i, thug i an aire nach robh e a-muigh mar a b'àbhaist agus nach robh sgeul air a' chàr aige. Feumaidh gun do dh'fhalbh e tràth gu Loch a' Chìobair a dh'iarraidh rudeigin. Bha Lachlainn gu bhith deiseil dhe bhraiceast nuair a leag e am pàipear 's a thuirt e, às a' ghuth-thàmh, "O, dhìochuimhnich mi innse dhut, Anna, an naidheachd mhòr a bh' aig Ruairidh an-diugh."

"Dè sin?"

"Nach ann a thàinig muinntir a' CID às an Oban a-raoir."

"A' CID? Gu sealladh orm! Carson?"

"Thug iad leotha Sven còir. Embezzler a bh'ann, tha e coltach. Smaoinich thusa - Interpol ga shiubhal thall 's a-bhos feadh na Roinn-Eòrpa agus e an sheo am Bail' 'IcIllEathain fad a' gheamhraidh."

Shuas anns an rùm, agus an cràdh fhathast ga claoidh, thug i a-mach a' phrosbaig aon uair eile agus sheall i a-null air taigh Fhionnlaigh, cho glan 's cho tlachdmhor a-nis, ach cho falamh an-diugh, 's cho fàs ri seann tobhtaidh fheanntagaich. Rug i teann air a' phrosbaig agus i air thuar a bristeadh na spealgan. Ach chuimhnich i an uair sin mar a shealladh Sven oirre an corra uair a thachradh iad. Chuir i a' phrosbaig air ais dhan drathair gu socair, cùramach.

Itean Bòidheach

Dh'fhag e fhèin is Van Ommeren a' Hotel Olmstraat, a bha faisg air an Rijksmuseum, aig beagan an dèidh a trì. Bha ùine gu leòr aca agus gun am plèan aige a' falbh à Schiphol gu cairteal an dèidh a ceithir. Tro uinneagan na tagsaidh cha mhòr nach robh solais Amsterdam gan dalladh; solais dheàlrach na Nollaig a bharrachd air an fheadhainn àbhaisteach. Math 's gun do chòrd an Olaind ris, bha e toilichte nis a bhith tilleadh dhachaigh (ged a b'ann gu flat ann am Paddington) airson na Nollaig is na Bliadhn' Uire.

Nuair a ràinig iad, dh'iarr Van Ommeren air an draibhear fuireach ris agus stiùir e Donnchadh a-null taobh an Lounge Bar a bha shuas romhpa, is chaidh iad suas an staidhre. Bha e fhathast na iongnadh do Dhonnchadh na dh'òladh an Duitseach gun fiù is mabadh a thighinn na chainnt. Bha oidhche mhòr eile air a bhith aca a-raoir - an treas tè - agus an-diugh fhèin cha do sguir iad a dhramaireachd on a dh'èirich iad, ged nach aithnicheadh duine sin air an fhear mhòr.

Thog iad leotha na glainneachan a-null gu bòrd a bha thall aig an uinneig. Shìos fodhpa chitheadh iad feadhainn nan suidhe, is feadhainn a' stàireachd. Bha sàrachadh an t-siubhail 's na fadachd a' laighe gu mòr air cuid dhiubh. Cha robh aithreachas sam bith air Donnchadh mun staid anns an robh e fhèin. B'fheàirrde e beagan Dutch courage, 's gun e titheach sam bith air a bhith falbh air plèan. Cha bhiodh e a' blasad air deoch idir nuair a bhiodh e ag obair, agus ged a ghabhadh e steallan matha nuair a bhiodh e a' siubhal mar seo, cha robh ionndrain sam bith aige air deoch nuair a thilleadh e chun na deasg agus na duilleagan glana, ùra a bha a' feitheamh ris.

Thug an Duitseach an aire gu robh glainne Dhonnchaidh

falamh agus dh'èirich e a-null a cheannach feadhainn eile. Cha robh e ach air tilleadh leotha nuair a chual' iad am PA ag innse gu robh plèan Lunnainn deiseil gu falbh. Dh'òl iad an drama gu sgiobalta agus thog Donnchadh a bhaga. Choisich iad a-mach còmhla gu ceann na trannsa. Bha a thiocaid aige deiseil na dhòrn.

Ach bha bruidhinn mhòr fa-near do Van Ommeren mus dealaicheadh iad, agus theab nach sguireadh e. Bha e duilich, thuirt e, gu robh iad a' dealachadh, 's a' chuideachd a' còrdadh ris cho math. Robh e cinnteach a-nis gu feumadh e tilleadh cho luath siud air ais a Lunnainn? O, uill, cha robh cothrom air. Ach co-dhiù, bha a h-uile dad air a chur air dòigh a-nis - na biodh uallach sam bith air. Bha fear math aca a dhèanadh an t-eadar-theangachadh, is bhiodh an leabhar a' tighinn a-mach aig toiseach an fhoghair. Bha e an dòchas gu robh a' phrìs is na cùmhantan a' còrdadh ris. Ghnog Donnchadh a cheann, coma ach gu sguireadh e a bhruidhinn 's gu faigheadh esan air falbh. Bha a' chuid bu mhotha dhen luchd-siubhail eile air a dhol tron chachaileith mu thràth. Mu dheireadh thall, an crathadh-làimhe. "Gootbye, Duncan, old chap. So long, as you say. Proost!"

"Danke, danke, Johann ... danke." Thionndaidh e air falbh is ghreas e air sìos an trannsa às dèidh chàich. Bha an drama mu dheireadh ud air tuaineal a chur na cheann.

Cha robh ach aon àite falamh faisg air an deireadh, far am bu toigh leis a bhith suidhe, agus rinn e air gu cabhagach. Bha boireannach grinn, snasail air an taobh a-staigh dheth, thug e an aire nuair a bha e a' dinneadh a bhaga a-staigh fon t-suidheachan. Dhìrich e e fhèin agus rinn e gu suidhe. Ach leis a' chabhaig agus an tuaineal a bha na cheann, cha b'e suidhe buileach a rinn e ach tuiteam. Thug an tè a bha ri thaobh eubh aiste agus thuig e leis an drèin a bh' oirre gu robh e air seasamh air a cois. Cha duirt i an còrr ris, ged a dh'iarr e mathanas oirre. Ach thug i fìor dhroch shùil air mus do thionndaidh i a h-aghaidh air ais chun na h-uinneig.

Thàinig dithis no triùir eile a-staigh agus chaidh na dorsan a dhùnadh. Ann am beagan is còig mionaidean bha iad aig ceann an raoin-laighe agus an aghaidh dhan ghaoith. Dhùin e a shuilean 's e a' feitheamh. Mu dheireadh thàinig am fuaim - cruaidh, turtarach an toiseach ach a' sior èirigh gus an robh e mu dheireadh na sgiamh nach buineadh dhan t-saoghal seo idir. An uair sin dh'fhalbh iad le sàthadh a shaoil e a bheireadh na sgiathan dhith, agus i a' sìor thogail aiste. Dh'fhairich e a sròn ag èirigh, ach chùm e a shùilean dùinte gus an do dhìrich iad chun na h-àird a bha a dhìth orra. Cha robh am fuaim cho draghail tuilleadh, agus chual' e fead na gaoithe air a cliathaich. Dh'fhuasgail e an acfhainn is las e siogarait. Bha an tè-frithealaidh air nochdadh aig a' cheann shuas le troilidh lan bhotal is ghlainneachan. Gu dearbha, cha chuireadh e cùl ri steall nuair a ruigeadh i a-nuas - bha e ga fhaireachdainn fhèin a' fàs sòbarra is bha e airson grèim a chumail air cofhartachd na daoraich mar a chumas fear na leabaidh grèim air an aodach a tha mu thimcheall.

Bha an tè a bha ri thaobh gun an acfhainn fhuasgladh fhathast. Nuair a sheall e oirre, bha a sùilean dùinte mar gum biodh i na cadal. Ach nuair a choimhead e dòigheil oirre, thuig e gu robh i à cochall dearg a cridhe agus gur e an t-eagal a dh'fhàg cho mì-thuarail i. Dh'fhosgail a sùilean aithghearr fhad 's a bha e a' dùr-choimhead oirre. Rinn i snodha gàire, 's i a' tuigsinn gu robh truas aige rithe. "How's the foot?" dh'fhaighneachd e.

"The foot?"

"The one I stood on."

"Oh, that! ... That's all right. I'd forgotten about it. Take-off terrifies me, you see. It always does." Rinn i steòrladh beag le làimh agus gàire beag critheanach. 'S e dìreach dìol-deirce a bh' innte, 's i a' coimhead cho lag 's cho troimhte-chèile.

"Look, I'm having one myself, so may I buy you a drink? You look as if you could use one. How about a brandy?"

"The answer's no, and no, you may not. I prefer Scotch and I'll pay for it myself, thank you very much."

Bha e cho math gun a dhol na h-aghaidh - cha dèanadh diùltadh no "Bheil thu cinnteach?" ach a dèanamh crosda, dh'aithnich e.

Chunnaic e an uair sin gu robh i a' coimhead air 's a crathadh a cinn.

"Will you men ever learn, I wonder?"
"Sorry?"
"We-ell, in this day and age, imagine coming away with that old routine - honestly!"
"What routine, for goodness's sake?"
"Oh, the old shabby male trick - plying a girl with drinks."
"For heaven's sake, do you imagine I'm trying to buy your friendship with a glass of whisky?"

Chuir i a ceann air fhiaradh is rinn i dùr-choimhead air an clàr an aodainn. "I wouldn't put it past you. Not for a second."

Dh'fhairich e an fhearg ag èirigh air. Ach nuair a sheall e oirre, bha na sùilean mear agus an gàire a' toinneamh a beòil. Thòisich iad le chèile air gàireachdraich. Nuair a cheannaich iad na dramaichean thòisich iad air bruidhinn. An e an t-uisge-beatha bu choireach gu robh e a' faireachdainn cho toilichte, bha Donnchadh a' faighneachd dha fhèin. Ach bha fhios aige nach b'e. Bha rudeigin air tachairt eatarra, is bha fhios aca le chèile air. An ath turas a chaidh an troilidh seachad cheannaich Donnchadh tuilleadh drama, agus leig i leis pàigheadh. Bha i a' cur iongnadh uabhasach air. Fhuair e a-mach tòrr mu deidhinn - an seòrsa obrach a bh' aice ann an Lunnainn is na tursan a dh'fheumadh i a dhèanamh a-null dhan Roinn-Eòrpa an dràsda 's a-rithist. Is an dèidh sin, bha rudeigin mu deidhinn nach b'urrainn dha a mhìneachadh dha fhèin.

An teis-meadhan na bruidhne dh'fhairich e sgailc air a ghualainn agus fear os a chionn ag eubhach anns a' Ghàidhlig. "Dhonnchaidh? A mhic an donais, 's tu th' ann gun teagamh! Nach fhada, dhuine, on uair sin. Gu sealladh orm!"

Cò bh'ann ach Dòmhnall Deasach, agus smùid a' choin air. Rug Donnchadh air làimh air. "A Dhonnchaidh, a bhodaich, nach ann dhut fhèin a rug an cat an cuilean, 'ille! Na nobhailean agad a' reic mar na crogain-shilidh, dìreach. Celebrity a th'ann, a laochag! Dìreach celebrity ... O, gabh mo leisgeul, a luaidh - seo a' bhean ùr agad, a Dhonnchaidh, tha mi cinnteach? Ach, uill, cha robh mòran agam fhìn riamh mu Iseabail. Fìor speach, 'ille! Is ann a bha mi toilichte nuair a chuala mi gun do dhealaich sibh. Sin dìreach an fhìrinn."

"Dad ort, a Dhòmhnaill" - ach cha d'fhuair e an còrr a ràdh. Thainig drèin air aodann Dhòmhnaill. "Dad ort fhèin, a Dhonnchaidh, mionaid," ars esan, "chì mi fhathast thu nuair a ruigeas sinn. Feumaidh mi an t-uisge a leigeil far na feòladh, 'ille, 's mi gu spreaghadh! 'N ann an taobh sa tha 'n taigh beag, 'eil fhios agad?" Ghnog Donnchadh a cheann, 's e gàireachdraich. Thionndaidh e ri chompanach nuair a thog Dòmhnall air na chabhaig.

"Aidh, aidh, Donnchadh MacGhillEathain, eh, a sgrìobh *Time Out of Joint*?"

Bha i air na bha siud a ràdh mun do bhuail e air gur e Gàidhlig a bha i a' bruidhinn!

"A Dhia nan gràsan, tha Gàidhlig agad!"

Ghnog i a ceann.

"Ciamar air thalamh, ge-ta, ciamar idir, idir ... agus do ghuth?"

"An guth? O, chan eil e cho doirbh sin pongan na Home Counties a thogail. Agus chan e sin an aon rud." Chuir i a làmh air a ceann agus shlaod i dhith a' ghruag a bh' oirre. Thug i crathadh le ceann air a falt fhèin - falt gu math na bu duirche na am bian bàn a bh' air uachdar chun a seo.

"Seadh a-nis - dè do bharail?" dh'fhaighneachd i.

"Mo bharail?" Cha b'urrainn do Dhonnchadh an còrr a ràdh fad mionaid. Dh'fhairich e fiamh an eagail ag èirigh na chom. Mu dheireadh thuirt e, "Is chan e Claire an t-ainm a th'ort?"

"Chan e, chan e! Sin ainm Lunnainn - 's cinnteach gur e as fheàrr a chòrdas riutha na Effie. Dè do bheachd?"

"'S e mo bheachd gu bheil thu eireachdail ... eireachdail fhèin. Ach às aonais na bugaireachd a tha sin. Carson a tha thu ris a' chosnadh sa?"

Dh'fhas an ruthadh a bha na gruaidh na bu deirge beagan. "A chionn 's gun dèan e gnothaichean nas fhasa. 'S e saoghal cruaidh a tha shìos fodhainn, a laochain. Feumaidh duine e fhèin a dhìon bhuapa siud. Shaoilinn-sa gun tuigeadh sgrìobhaiche sin."

"Ach fuaim nan coigreach, ge-ta, a' tighinn às do bheul - blas damainte nan Gall agus itean chàich gan goid 's tu a' dèanamh eun eile dhìot fhèin."

Thàinig an solas dearg air mun coinneamh, is b'fheudar an acfhainn a cheangal. Bha an cromadh sìos gu Lunnainn air tòiseachadh. Thog Oighrig am falt coimheach a bha na sgùird agus chuir i air a ceann e, a' dinneadh a fuilt fhèin às an t-sealladh a-staigh fodha. Dh'fhosgail i baga beag is chuir i oirre tuilleadh lipstick is blusher. Bha i mar gum bitheadh ann an saoghal leatha fhèin.

"Dad ort, Oighrig ..." Bha fuaim nan einnseanan cho cruaidh a-nis is gum b'fheudar dha a ghuth a thogail. "Dad ort - 's aithne dhòmhsa far am faigh sin tagsaidh gun a bhith a' feitheamh, agus thèid sinn a ghabhail biadh còmhla - dè mu dheidhinn? Chan eil math dhomh do chall sa bhaile uabhasach sa."

"Well, Duncan ... really ... I don't know that that's such a good idea." An guth cho Gallta a-nis, is an aghaidh fon fhalt choimheach gu math coimheach a bharrachd.

"An ainm Dhia riut, bruidhinn a' Ghàidhlig! Dè idir tha ceàrr ort?" Bha e ag eubhach a-nis, is an fhearg air greimeachadh air.

Thug i sùil air, rudeigin truasail. "It's been very sweet, Duncan. Really it has, but ... no, thanks."

Shuidh e leis fhèin greis an dèidh dhan phlèan falamhachadh agus a cheann crom. Chual' e cuideigin a' tighinn a-nuas thuige. An tè-frithealaidh, bha e cinnteach, 's i gabhail iongnadh dè bha ga chumail. Ach b'e cròg mhòr fireannaich a bh' air a ghualainn. "Nach ann a bha chabhag oirre siud a' teicheadh ort, a Dhonnchaidh. Nach tu chuir an t-eagal oirre! Thugainn co-dhiù, a bhodaich, is gabhaidh sin drama còmhla. Siuthad."

"Ceart, a Dhòmhnaill, ceart." Dh'èirich e is rug e air a bhaga. "Rud sam bith a bheir an droch bhlas às mo bheul."

Turas Dhòmhnaill a Ghlaschu

Chan eil uair a bheirear tarraing air deoch làidir 's air drungaireachd nach smaoinich mi air Dòmhnall bochd Ceanadach, an tàillear a bha bliadhnaichean sa Chamas Ghlas. Nis, thuirt mi "Dòmhnall bochd" gun fhiosda dhomh fhìn, leis a' chleachdadh a th' againn a bhith gabhail truas ri neach sam bith a tha ro dhèidheil air an drudhaig. Ach cha chreid mi, nuair a thig mi thugam fhìn, gu robh Dòmhnall Ceanadach na chulaidh-thruais riamh. Chan eil fhios a'm dè shaoileas sibhse, ach seo, co-dhiù, mar a bha.

Riamh on a bha e na chnapach, bha Dòmhnall còir na thàillear ann an Glaschu. Tha iad a' ràdh gur ann à Tiriodh a thàinig a sheanair uair dhen robh saoghal. Ach cha robh facal Gàidhlig an claigeann Dhòmhnaill; bha e cho Gallta ri Barrowland. Agus chan eil fhios aig duine carson air thalamh a thug a thoil e dha na h-Eileanan. Mas e a thoil a thug ann e.

Co-dhiù no co-dheth, tha e coltach gun deach e anmoch aon oidhche, agus smùid air, air an *Dunara* nuair a bha i ri cidhe ann an Cluaidh. Mus do dh'fhuaraich e doigheil bha am bàta, 's e fhèin, a' teannadh air Tobar Mhoire, agus cha robh Dòmhnall cinnteach an robh na phòcaid na bheireadh air ais a Ghlaschu e. Thachair gu robh baga aige anns an robh uidheam na tàillearachd. Dh'fheuch e ri na siosaran is rud no dhà eile a reic ris a' chriutha, ach cha robh ùidh sam bith acasan ann an uidheam tàillearachd.

Nan cumadh e air dha na h-Eileanan an Iar, gu dè a bhiodh am faradh sin air? Chaidh sin innse dha, agus nuair a chunntais Dòmhnall na bha na sporan chuir e roimhe gu fanadh e air bòrd greis fhathast. Nuair a bha iad a' teannadh a-staigh ri Loch nam Murag thug e an aire dhan Chamas

Ghlas, air an robh coltas baile beag laghach, fasgach. Dh'fhaighneachd e do chuideigin a bh' air bòrd an robh tàillear aca san sgìre a bha siud, agus nuair a chual' e nach robh, thog e air air tìr.

Mus do chiar am feasgar sin fhèin ghabh e còir air seann taigh a bha falamh o chionn bhliadhnaichean (taigh coiteir a chaochail), agus thòisich e air a chur air dòigh. Mun gann a thuig iad gu dè bha tachairt, bha tàillear aig muinntir a' Chamais Ghlais.

Nuair a fhuair e beagan sgillinnean o obair, ghabh e loidseadh cuide ri Màiri, bean Chaluim Bhig, a bha a' fuireach faisg air làimh - agus b'e sin car cho glic 's a rinn e riamh. Cha bhiodh e ach air fìor dhroch càradh a' fuireach leis fhèin, agus thachair gu robh an dà chuid coibhneas agus foighidinn air leth aig Màiri. Bha duine aice fhèin, agus dithis mhac air tighinn gu ìre, agus bha Dòmhnall aig an aon bhòrd agus air a' cheart aon chàradh ris na fireannaich eile. Chanadh i fhèin cuideachd mu Dhòmhnall, gòrach 's gu robh e, nach robh call aice riamh dheth is nach robh sgillinn riamh ga dìth bhuaithe. Bha mòran leis am bu doirbh sin a chreidsinn, ach b'e siud a teisteanas air, agus 's ann aice bu chòir fios a bhith.

Nis, aig toiseach gnothaich, leis gu robh feum air obair an tàilleir agus gu robh annas mòr aig daoine dheth, fhuair Dòmhnall gu lèor obrach ri dèanamh. Agus cha robh iad fada gus an do bheachdaich iad gu robh e air a dheagh ionnsachadh. Cha robh teagamh sam bith nach b'aithne dha a ghnothach. Ach 's e a bha còrdadh ri daoine buileach glan cho tlachdmhor 's a bha an duine.

Bha e eagalach toilichte na dhòigh - cha robh cuimhn' aig duine riamh gruaim no dranndan a bhith air - agus nan cluinneadh tu a' Ghàidhlig a bh' aige! Rinn e oidhirp mhath air a bruidhinn, ach bha e cearta coma co-dhiù a bhiodh am facal ceart aige gus nach bitheadh; agus ged a readh daoine nan luban a' gàireachdaich ga chluinntinn, cha robh sin ga chur a-null no nall. Rud eile: 's iomadh duine bochd a bha a' dol thuige le aodach, agus is cinnteach gur h-iomadh uair a bha e greis mhath a' feitheamh ri thuarasdal, agus an t-airgead cho gann an uair ud. Ach cha chluinnte guth dhe sin bho Dhòmhnall - aon ghuth - agus cha do ghabh e riamh gnothach ri fothall no cùl-chàineadh sam bith. Mar sin, nuair a bhite a' bruidhinn mu dheidhinn agus na smùidean mora a bhiodh e a' gabhail uaireannan, dhèante cuimhne air na nithean sin, agus cha bhiodh an càineadh ach mar a bha e.

Nis, thuirt mi mu thràth gu robh e math air a ghnothach, agus bha e sin. Ach mar a thachras dha gach duine uair no uaireigin, thachair tubaist dha. Gu mì-shealbhach, b'ann air bean a' bhancair an Loch nam Murag (boireannach gobach, gun nàire, mar a chanadh bean Chaluim) a rinn e an cron. Bha an nighean aicese a' pòsadh maighstir-sgoile agus bha banais mhòr eireachdail gu bhith aca, agus bha uaislean Loch nam Murag uile air am fiathachadh. Thàinig i, ma-tha, far an robh Dòmhnall feuch an dèanadh e còta dhi ann an cabhaig airson latha na bainnse. Bha i air aodach math rìomhach - agus daor - fhaighinn dhachaigh, agus dh'inns i do Dhòmhnall mar a bha siud is mar a bha seo a dhìth oirre a dhèanamh ris. Cuid dhen "going-away outfit" aice, mar a thuirt i fhèin. Sgrìobh Dòmhnall na toimhsean is gach nì eile gu dòigheil, agus dh'fhalbh an tèile leis a' ghealladh gum biodh an còta maiseach seo deiseil ro dheireadh na seachdain sa tighinn.

Bha iomadh rud eile aig Dòmhnall os làimh aig an àm, ach shaoil e, thaobh 's gu robh cabhag sa ghnothach, gum b'fheàrr tòiseachadh air còta na bainnse am feasgar sin fhèin.

Ach is iomadh cnap-starradh a thig eadar an toil agus an gnìomh, agus nochd fear dhiubh a-staigh air Dòmhnall bochd mun gann a bha bean a' bhancair air togail oirre. B'e seo Dòmhnall Ruadh, agus gun e ach air tighinn dhachaigh greiseag an dèidh a bhith aig muir. Bha an dithis air eòlas mòr a chur air a chèile mus do dh'fhalbh an seòladair an turas mu dheireadh, agus gun an còrr dàil shadadh na snàthadan 's na piùirneachan an dara taobh agus thug iad Loch nam Murag orra.

A dhuine bhochd, is iomadh daorach mhòr agus horo-gheallaidh a bh' aig an dà amadan ud fad na seachdain! Ach mu dheireadh thall, a dh'aindeoin ceann goirt, thòisich

Dòmhnall Ceanadach air còta na bainnse, agus chuir e crìoch air cho luath 's a bh' aige agus mar a b'fheàrr a b'urrainn dha. B'ann air an ath fheasgar, agus Dòmhnall ga chumail fhèin a' dol gus an nochdadh a chompanach 's gun togadh iad orra a-rithist, a bhuail an iomagain e.

Bha e air a bhith gearradh aodaich airson deise Eachainn Bhàin nuair a thug e an aire nach robh aige air fhàgail de dh'aodach na dhèanadh an siosacot a rachadh leis an deisidh. An ath mhionaid theab e dhol an laigse far an robh e. Dè a bha an duine bochd a' gearradh ach aodach bean a' bhancair, agus an còta boireannaich a rinn e an oidhche roimhe air a dhèanamh dhen chlò ghiobach, lachdann a thug Eachann dha.

Ach 's e an rud a b'iongantaiche dheth, tha e coltach nach do ghabh am boireannach a leth cho dona e 's a shaoil daoine a ghabhadh i e. Chaidh Dòmhnall far an robh i agus dh'innis e an dubhl-fhìrinn dhi, gun leisgeul sam bith a thairgsinn; agus leis cho èibhinn 's a bha an t-iomradh a thug e dhi, 's ann a rinn i gàire agus dh'aontaich i, nam faigheadh e reic dhan chòta ghiobach, gun gabhadh i sin fhèin mar chosgais an aodaich a chaidh a mhilleadh oirre. Agus abair gun d'fhuair Eachann deise mhath. Ged nach robh siosacot leatha, b'i an tè a b'fheàrr a bh' air a dhruim riamh.

Ged a thug an tubaist seo gàire air mòran, chuir e uallach air Màiri bean Chaluim agus bha i an sàs an Dòmhnall gun e bhith cho trom air a' bhotal. Bha eagal oirre, tha mi cinnteach, gu fasadh daoine an-earbsach 's nach toireadh iad obair dha ri dèanamh tuilleadh. Tha mi cinnteach cuideachd gu robh eagal oirre gun dèanadh Dòmhnall latha dhe na lathaichean milleadh air a teaghlach fhèin. Bu tric a ghabhadh e fhèin 's na gillean drama còmhla, agus ged a bha iad nan gillean modhail gu leòr, cha robh fhios am biodh iad fada mar sin nam biodh Dòmhnall gan toirt a thaobh ro thric.

Aon oidhche, co-dhiù, air do Dhòmhnall tilleadh bhàrr a thurais agus e ann an deagh shunnd, leig e a-mach rud a thug air Màiri a cluas a ghleusadh. Nuair a cheasnaich i na b'fheàrr e, nach ann a thog i gu robh bean aig Dòmhnall còir ann an Glaschu. Agus gu dè, dh'fhaighneachd i, a thàinig eatarra? O, gu dè ach am botal? Chan fhuilingeadh i deoch làidir idir, idir.

Doirbh mar a bha sin a thuigsinn, thuirt e, bha feadhainn ann a bha mar sin. Nan gabhadh esan làn meurain, dh'aithnicheadh i e, agus thòisicheadh an duan. Dè mu dheidhinn teaghlaich a-nis? Cha robh, taing dhuibh, duine teaghlaich aige. Agus na biodh uallach air bean Chaluim a-nis - bha a bhean-san glè shocair dheth ga cosnadh, agus toilichte a bhith cuidhteas e; agus cha robh esan e fhèin a' gearain idir, idir - 's e nach robh.

Nuair a chaidh Màiri a laighe an oidhche ud, bha greis mun tàinig cadal thuice. 'S e dìreach call a bh' ann! Duine laghach mar siud gun bhean, gun dachaigh - agus gu dè a thachradh dha nuair a dh'fhàsadh i fhèin sean, lapach is nach biodh duin' aige a choimheadadh às a dhèidh 's a chumadh rian air? Nam biodh bean agus dachaigh aige, ge-ta, gu dè nach fhaodadh e a dhèanamh. 'S e dìreach call a bh' ann gun teagamh. Gun bhean, gun dachaigh.

Ann am priobadh na sùla thuig i gu dè a dhèanadh i ri Dòmhnall, agus chaidil i gu socair, ciùin agus a cridhe ris an latha màireach.

Abair gu robh obair a' dol mu bhothan an tàilleir sna seachdainean a lean! Cha robh Màiri riamh cho math air a dòigh, is i a' cur nan gillean agus duine sam bith a thigeadh an rathad an sàs anns an obair. Chaidh seann taigh a' choiteir a thughadh, 's a ghlanadh o na cabair sìos agus aoladh air an taobh a-muigh. Chaidh a h-uile bioran àirneis a ghabhadh trusadh a chur ann; chaidh na h-uinneagan is an doras a pheantadh; sgioblaicheadh an staran; agus rinneadh a h-uile dad a ghabhadh dèanamh gus an fhàrdaich a chur an deagh ìre.

Agus fhuair Dòmhnall Ceanadach an cùmhnant nach do chòrd ris. B'e sin nach toireadh Màiri bean Chaluim fasgadh no grèim bìdh gu bràth tuilleadh dha mura togadh e air a Ghlaschu a dh'iarraidh na mnatha. Gu dearbha, bha Màiri air sgrìobhadh mu thràth chun a' bhoireannaich agus air innse dhi cho stòlda 's cho uasal 's a bha Dòmhnall air fàs, am meas mòr a bh' aig gach duin' air - agus thuirt i rithe cuideachd gun toireadh ise a h-uile cuideachadh dhi nuair a thilleadh iad le chèile dhan Chamas Ghlas.

Nis, theab Dòmhnall teicheadh, agus cha b'ann air Glaschu a smaoinich e aghaidh a chur. Ach nuair a bheachdaich e, chuimhnich e gu robh e air corra bhliadhna coibhneis agus càirdeis fhaighinn o Mhàiri, gun ghuth air obair uabhasach nan seachdainean seo chaidh, agus thuig e nach dèanadh diùltadh an gnothach. Bha cuideachd - ged nach bu toigh leis aideachadh - criomadh beag de dh'ionndrain aige air an tè a dh'fhàg e sa bhaile. Cha robh i idir cho dona uaireannan. Cha b'e am boireannach bu mhiosa idir ach na beachdan neònach a bh' aice. Co-dhiù, sheòl an *Dunara* a-mach à Loch nam Murag air madainn bhrèagha fhoghair agus Dòmhnall air bòrd.

Nis, gun fhios do Dhòmhnall Ceanadach, cò bha na shìneadh shìos gu h-ìseal sa bhàta ach Dòmhnall Ruadh. Bha an siad sin air a rathad dhachaigh, ach aig a' cheart àm ud bha e a' dèanamh dusgadh - dùsgadh mall, cèigeil - à cadal trom na daoraich. Fhuair e a shùilean fhosgladh ri solas deàlrach an latha, agus choimhead e mach air uinneag a' bhàta. Thug na chunnaic e suas air an deic na leum e, air cheannaibh a stocainnean, ach thuig e mun do ràinig e mullach an fhàraidh nach biodh feum fon ghrèin iarraidh air an sgiobair tilleadh air ais gu Loch nam Murag a dh'aona ghnothach air a shon-san. Ach gu dè an deifir, thuirt e ris fhèin. Gheibheadh e air tìr aig an ath phort. Ach cha robh e ro mhath air a dhòigh - bhiodh an oidhch' ann mu ruigeadh e an taigh - agus o nach robh aige ach latha no dhà, bha e na bheachd grunn dhiubh sin a chur seachad cuide ri Dòmhnall Ceanadach.

Nuair a thachair an dearbh Dhòmhnall sin ris an ceann mionaid no dhà, theab e a dhol às a rian leis an toileachas. Cha do chuir athair fo bhròn riamh fàilte cho cridheil air a' mhac stròidheil 's a chuir an dithis ud air a chèile. Dh'aontaich iad gur e am freasdal fhèin a chuir còmhla iad, agus ma bha Dòmhnall Ceanadach a' dol a Ghlaschu readh Dòmhnall Ruadh cuide ris gus a chumail air a dhòigh. Chrom iad còmhla gus an do ràinig iad soighne: *Saloon & Bar*.

Air ais sa Chamas Ghlas, cha robh sùil aig Màiri bean Chaluim ris a' chàraid phòsda gus an rachadh mu fhichead latha no mar sin seachad. Bhiodh greis ann mu faigheadh an dithis gnothaichean a chur air dòigh agus ullachadh a dhèanamh gu tilleadh. Mar sin, b'ann le fìor iongnadh a thug i an aire do dh'fhear aig an robh suaip mhòr ris an tàillear a' tighinn a-nall rathad an taighe, na ònrachd, mun gann a bha Dòmhnall ochd latha air a thuras.

Mun do ràinig e ceann an starain chaidh fhaighneachd dha gu dè a bha e a' smaoineachadh a bha e ris a' nochdadh às aonais na mnatha, agus an do ràinig e Glaschu idir? O, feumaidh gun do ràinig - nach robh an *Dunara* air a cuairt a chur air ais gu Loch nam Murag? - ach leis a h-uile dad a bh' ann cha d'fhuair e cothrom a dhol air tìr ann an Glaschu.

Agus gu dè "a h-uile dad" a bha sin?

Nuair a chual' i beagan 's a thuig i an còrr, thug i dha gu dubh e. Dh'èisd e gu foighidneach gus an do chrìochnaich i, is thuirt e, "Uill, chan eil sgillinn air fhàgail agam - feumaidh mi tòiseachadh air an tàillearachd a-màireach!"

Cha robh fhios aig Màiri co-dhiù bu chòir dhi an clobha a thoirt dha mun cheann no gu dè, ach cha b'urrainn dhi gun ghàire a dhèanamh. Chrath i a ceann o thaobh gu taobh, chuir i air an coire agus sheat i am bòrd dha.

A' Chiad Oran

*N*uair chruinnich iad san uamhaidh aitidh,
's a chaisg iad sgiùganaich nan con,
rinn teas an teine tròcair
air na cnàmhan reòthte 's na cridheachan gealtach.
Thàinig misneachd gun glèidht' iad o chunnart
's o bheathaicheann allaidh na h-oidhche.
Thàinig buidheachas mun bhlàths
's mun là-seilge a chaidh leotha.
Thàinig lasadh nan sùil,
's bha cumadh ùr air an còmhradh.
Agus chualas, gu socair, fròmhaidh,
a' tighinn à sgòrnan feareigin,
na teudan diùid ud, a chuir umhail air na stallaichean.
Mar dheòir aoibhneach na talmhainn
bha snighe nan creag,
an oidhch' ud a rugadh an ceòl.

Maserati air a' Mhachaire

Ged a bha e an taobh ceàrr dhen dà fhichead, cha saoileadh tu air e - 's e àrd, caol, sunndach agus sìnteag aige sìos oir a' mhachaire mun tac' ud, 's gun a' ghrian ro fhada air èirigh. Gus an do dh'fhàs e cleachdte riutha, chuir grad-leumannan nan coineanach is sgreuch nan curacagan a bha am falach feadh a' mhurain clisgeadh air an toiseach. Chùm e air mar sin a' coiseachd mar fhear air an robh toiseach na cabhaig no toiseach na feirge, gus an do nochd e timcheall cliathach Cnoc Uisdein agus am fac' e an cuan. Sheas e greis mhath far an robh e agus a shùilean a' lasadh na cheann agus e a' deoghal na gaoithe gu domhainn na uchd. Mu dheireadh chrom e gu oir a' chladaich agus shuidh e air iomall lice is aghaidh air an fhairge, a bha a' dochann nan clach shìos fodha.

Leis a' chop a bha air na tonnan fo ghathan na grèine, chuir e air na glainneachan dubha, 's a shùilean a' fàs goirt. Bha blàths na grèine air a shlinneanan na chofhartachd iongantach, agus b'annasach a bhith ann an siud ri cuan feargach 's gun deò gaoithe ann. Ach ged a bha fèath nan eun ann an ceartuair, cha mhòr cadail a fhuair e sa hotel a-raoir leis an stoirm a thàinig tràth air an fheasgar. 'S e bha seo, gu dearbha, ach saoghal eile seach a-raoir, 's na sglèatan a' bragadaich is corraich na gaoithe a' bagradh an togalach a leagail mu cheann. Bha an saoghal seo làn sàil, cho fad' 's a chitheadh e, mar gum biodh tuil mhòr air tighinn gun fhiosda ann am marbh na h-oidhche agus an talamh is trealaich dhaoine a chur an cunnart. Mura biodh fhios aige gu robh Aimeireaga mu choinneamh na lice air an robh e na shuidhe, is ann a thoireadh a shùil a chreidsinn air nach robh òirleach de dh'fhonn tioram air an t-saoghal ach na bha air a chùlaibh. Nach ann a bha a' mhisneachd, smaoinich

e, aig na fir a sheòl a-null an aghaidh onfhaidh mar seo, agus gu tric ann am bàtaichean-siùil cumhang, corrach.
> Fhuair na balaich na bha bhuap'-
> Farsaingeachd a' chuain fo sròin.
> Thoir mo shoraidh...

An dèidh nam bliadhnaichean an Lunnainn, bha na h-òrain a' tighinn na chuimhne a-rithist, thug e an aire.

Gu dearbha, bha farsaingeachd gu leòr an seo. Farsaingeachd is doimhneachd nach gabhadh tomhas no tuigsinn. Na milleanan de bhoinneachan beaga, fadharsach a bha leotha fhèin gun chron, gun lùths, ach, còmhla mar seo, a bha nan cùis-uabhais air an do bhuilicheadh neart a sgoltadh creag 's a sgriosadh am bàta bu treise. Is dòcha, aig a' cheann thall, gu robh e cho math do dhaoine a bhith an ugannan a chèile, fear an aghaidh fir. An latha a sguireadh na h-aimhreitean, 's a bhiodh a h-uile duine riamh 's an aon rùn aige, gu dè a ghabhadh dèanamh ris a' chumhachd agus cò a b'urrainn a stiùireadh? Ma nì boinneachan uisge uimhir sgrios, ciamar a cheannsaichear cumhachd uabhasach dhaoine?

Mus do thuig e dè bha tachairt, dh'fhàs a smaoin tiamhaidh agus dh'fhairich e a-rithist an cràdh - a' bhuille cho cruaidh 's gun tàinig cnead às. Bha lìonmhorachd a' bhròin mar a bha lìonmhorachd a' chuain. Am beagan dheth mar bhoinneachan a fhliuchas glùin na briogais, 's nach bi tiotan a' tiormachadh sa ghrèin. Ach am bròn a chlaoidheas an cridhe 's nach lasaich, bha e tur gun iochd, mar chuan farsaing, oillteil far am bàthar an t-anam anns an doimhneachd. O chionn greise, nuair nach dreadh aige air a chuimhne a chumail fo smachd, b'fheudar dha seòltachd ionnsachadh, agus iomadach dòigh air a smaoin a stiùireadh air falbh o na sgeirean millteach agus an dolair 's an cianalas a chumail bhuaithe.

Cha dèanadh seo idir an gnothach an dèidh cho sunndach 's a bha e a' tighinn! Thug e sùil thar a ghuailne air na lagan murain. Bha an t-uan air ais far an d'fhuair e am bainne - airson beagan lathaichean co-dhiù - 's nach bu mhath sin? Bha e air roghnachadh tighinn air a shocair - le càr 's le aiseag, an àite na plèin a bu luaithe 's bu deiseile - agus a chridhe a' togail mar a bha e a' dlùthachadh ris an t-seann àite. Cha robh an-diugh duine a bhoineadh dha beò san eilean, ach readh e a-nochd a choimhead air Dòmhnall Ailean, an aon fhear a bha air fhàgail dhe na bha cuide ris san sgoil.

Bha gu leòr dhiubh sin ann aon uair, ach rinn iadsan mar a rinn e fhèin, togail air falbh, 's gun foghlam no cosnadh ri fhaighinn far an robh iad aig an àm. Ach cha do rinn a h-aon aca an imprig cho sgiobalta 's a rinn esan.

A dh'aindeoin turtar is goil na fairge air a' chladach, bha dreach a' chuain pìos a-muigh air fàs na bu shocraiche agus an latha a' tighinn brèagha air leth. Thall a tuath bha gainmheach mhìn Tràigh a' Chorrain a' tiormachadh sa ghrèin. Ro mheadhan-latha bhiodh i cho geal ris a' mhinfhlùir. A' fliuchadh 's a' tiormachadh gun sgur; cuan is gaoth is grian gun sgur a' bleith 's a grèidheadh na gainmhche. O chian nan cian. Bu bheag an t-iongnadh i bhith mìn, còmhnard fo na buinn.

Agus bha buinn cuideigin oirre an ceartuair, thug e an aire. Tè òg air choreigin, a rèir a giùlain; ach bha i cho fad' air falbh 's nach dèanadh e-mach an còrr. Bha i air cromadh on mhachaire chun na tràghad an taobh seo de Rubha Ghoraidh, i fhèin 's an cù a bha an dràsda a' ruith nam faoileag 's nan eun eile an oir na tuinne. Chual' e sgreuchail nam bòdhag 's nan trìlleachan ged nach fhaiceadh e dòigheil iad, 's iad cho fada bhuaithe. Bha an nighean an dràsda 's a-rithist a' sadail rudeigin - bioran maide, a rèir choltais - dhan mhuir agus bha an cù na dheann ga thoirt air tìr thuice. Tè Ghallta bha staigh air thuras, smaoinich e, agus sheall e air ais air an fharsaingeachd a bha mu choinneamh.

An turas mu dheireadh - an aon turas - a bha e an seo, e fhèin is Calum beag a' bhliadhna mus do mharbhadh e, bha sianar chloinne aig Dòmhnall Ailean, agus cò aige bha fios nach robh tuilleadh aige on uair sin. Saoil dè na naidheachdan a bhiodh aige am bliadhna mu chàch - mu na seann eòlaich a bha a' dol còmhla dhan sgoil?

Oighrig Mhurchaidh Bhig a bha cho math air Laideann 's a bha dealaichte on duine 's ag obair ann am bàr an Glaschu an turas mu dheireadh a chual' e mu deidhinn. Mòrag

Dhòmhnaill Ruaidh a bha pòsda an Canada aig fear eagalach beairteach, a rèir choltais. Agus Dòmhnall Beag na h-Airde ("Dòtaman") na dhotair ann am Birmingham. Bha e doirbh a chreidsinn nach biodh iomradh tuilleadh air Niall Mòr Eòghainn Bhàin. Chuir esan car dhen chàr aon oidhche faisg air Peairt. Obair na dibhe, 's e bha iad a' ràdh. Agus Anna: saoil am b'urrainn dha faighneachd an turas seo? Fhad 's a bha Pamela beò cha deach aige air faighneachd, 's bha Dòmhnall Ailean cho modhail 's cho faiceallach 's nach toireadh e tarraing oirre mura cuirte a' cheist air. Cha b'fhiosrach dha ach gun do phòs i bancair ann an Dùn Eideann, 's gu robh nighean eile aice on uair sin.

Air a chùlaibh an dràsda bha na dearbh choilleagan far am biodh iad falaicht' o shuilean chàich. A liuthad uair a thàinig iad a-nuas am machaire an dèidh tighinn bhàrr dannsa san t-seann mhuileann! Cha robh guth air a dhol a chadal, is thigeadh iad a-nuas, 's gun grian an t-samhraidh ach air èirigh, a dh'atharrachadh each Mhurchaidh. Bu mhath an leisgeul e! Chuimhnich e cho fliuch 's a bhiodh feur a' mhachaire leis an dealt, 's mar a bhiodh ceò mìn na maidne sna lagan eadar iad 's na taighean. Cho furasda 's a bha e a chreidsinn an uair sin nach robh air an t-saoghal bhòidheach ud ach iad fhèin. Agus a chaochladh chan iarradh iad aig an àm, nan sìneadh sa mhuran eadar cuan is coilleag. Cha b'urrainn sonas dhen t-seòrs' ud ach tighinn o Nèamh, bha iad cinnteach. An aon ghearain a bh' aca, gu robh esan ag ionnsachadh lagh an Dùn Eideann agus ise an Oilthigh Ghlaschu, 's nach robh cothrom a bhith còmhla ach cuid bheag dhen bhliadhna.

Ach cha b'fhada a mhair an sonas sin fhèin. Thill Anna dhachaigh na bu tràithe na b'àbhaist an ath bhliadhna agus dh'aidich i dha màthair mar a bha. Ach b'e athair-san air an robh an fhearg 's an tàmailt bu mhiosa buileach. Bha cuimhn' aige fhathast air a' chuid bu mhotha dhen litir a fhuair e.

... and when you do come, it will be only to help to prepare for Edinburgh again. Your mother and I and little Jean will be with you, for my resignation is in. How could I stay on here any longer and teach after what has happened? I tell you, my boy, I can hardly bring myself to mention your stupidity after all my advice and instruction to you. Anne had a great future - the best girl pupil we've had in these parts for years - and my own son had to be the one ... to go and ruin it. I went to see Murdo yesterday and I felt heartbroken for himself and Mary Ann, I can tell you. They wanted to refuse the money I gave towards the upkeep of the child. It was small and inadequate anyway, but they did accept in the end and I was grateful that they, at least, understood my shame enough to help me out.

Now one thing is sure, my lad, while I have the breath and strength to see to it. You will not, for the brief spell you're at home here, take as much as one step in her direction. I forbid it utterly. If you have any thought in your head of marrying, you can dismiss it at once. You are not worthy. She can do better by way of a husband than someone who is as thoughtless and irresponsible as you seem to be. In God's good time that will come for her. In the meantime, what's done can't be undone and we will see you at home, my son, when your classes are finished. Don't be trailing home much in the way of books etc. Leave what you can and it can be collected when we all get to Edinburgh and find a place...

"Not worthy! Not worthy!" A liuthad uair, anns na bliadhnaichean a lean, a chuimhnich e air binn athar agus air an t-seachdain riaslaich a bh' aca mun do thill iad a Dhùn Eideann. Throid iad gu dubh, ach cha ghèilleadh athair òirleach, is b'fheudar an t-eilean fhàgail gun sealladh fhaicinn dhen tè a bha san ath bhaile ris, mòr is gu robh e ga caoidh. Is fhada nis on a bha athair sa chladh, gun ghuth an-diugh air fearg no cur-às. Ged a bha iad còrdaidh gu leòr sna bliadhnaichean mu dheireadh, bha fhios aige gun tug an gnothach ud giorra-shaoghail air, 's gun Dùn Eideann a' tighinn ris idir, idir. Chuir iad uimhireachd air cho crosda 's a bha e a' fàs, esan a bha riamh cho socair na dhòigh. Is tric a bha amharas aca gum biodh na sgoilearan - agus feadhainn dhe na tidsearan san sgoil cuideachd - a' magadh air blas a chainnt. Gu dearbha, bha a' chiad bhliadhna no dhà ud an

Dùn Eideann gràineil. Ged a bha truas aige ri athair, bha a chridhe gu math feargach ris cuideachd, agus Anna mhìn, bhòidheach nan sùilean donna air a toirmeasg dha. Agus an-diugh cha robh i dha ach mar chreutair a chithear ann an aisling. Bha cus thonnan air an tràigh a bhualadh on uair ud agus cus, cus air tachairt dha. Cha tug athair iomradh tuilleadh oirre ach aon turas nuair a chual' e gu robh i air a dhol a dh'Obar-Dheathain a chrìochnachadh an fhoghlaim. Bha an nighean bheag aice air a dhol air choiseachd 's bha a seanmhair a' coimhead rithe. Gu dearbha, chuir an naidheachd an seann fhear air a dhòigh an là ud.

Thàinig an cù, ga chrathadh fhèin 's a' bocadaich, thuige o chùlaibh. Dh'fhairich e na spògan air a dhruim, 's a cheann 's a sheacaid gam fliuchadh leis an fhras sàile a thàinig mu thimcheall. Dh'èirich e na sheasamh gu cabhagach airson am beathach luideach a cheannsachadh. Rinn e deiseil gu sràc a thoirt dha mura biodh e modhail, nuair a chunnaic e, le clisgeadh, gu robh boireannach na seasamh gan coimhead. Bha beagan iomagain oirre, oir bha an cù a' sìor shreap 's a' leumadaich mu chasan. Mar gun tuigeadh i nach robh e ro mhì-thoilichte, thàinig i air adhart na bu dàine is mhaoidh i air a' chù gus an do laigh e. Mun do thàrr e tighinn thuige fhèin, bha i a' crathadh a làimhe agus a' bruidhinn ris ann am Beurla. Thachair a h-uile rud cho aithghearr 's gun deach e na bhoil buileach glan. Bha an guth aice tlachdmhor, nàdarra; agus fhuair e cothrom, 's e a' cromadh uair eile ris a' chù, air sùil a thoirt air a' chom chumadail 's air na casan fada mus do sheall e air ais an clàr an aodainn oirre. Sùilean donna, dorcha agus am falt air a ghearradh na bu ghiorra na bha fasanta san eilean.

"Goodness me! What a scare ..." Thòisich e, sa Bheurla, air innse dhi mar a chlisg e nuair a dh'fhairich e spòg a' choin air a dhruim, 's gun for aige gu robh duine beò faisg a' mhìle air. Bha e fhathast na bhoil is ropladh na bhruidhinn agus e a' faireachdainn gu math luideach, gu h-àraid o nach do ghlac e an t-ainm a thuirt i a bh' oirre.

"O, cha chreid mi fhìn nach eil Gàidhlig agad," thuirt i.

"What? ... What did you -?"

"Gàidhlig. Bha mi smaoineachadh ... For a moment, I

thought -"

"Oh, yes, yes, indeed! Sorry ... O, ghràdhag, gabh mo leisgeul! Dè idir a shaoileas tu dhìom? Tha beagan agam, gun teagamh. Bha uair a bha gu leòr, ged nach eil mi ach starcach an-diugh le cion a' chleachdaidh. Nach e do chluas a tha geur, ge-ta!"

Bha i a' coimhead air fad na h-ùine cho pongail 's a b'urrainn dhi, ach, mu dheireadh, spreagh i mach a' gàireachdraich, agus rinn e fhèin an aon rud. Thòisich an cù, agus an gnothach a' còrdadh ris, air bocadaich 's ri comhartaich a-rithist gus am b'fheudar a chasg.

"Tha thu staigh air holidays, an ann?" dh'fhaighneachd i. Ghnog e a cheann is dh'inns e gu robh e sa hotel airson beagan lathaichean fhathast. Rinn i gluasad gu falbh.

"'S fheàrr dhòmhsa bhith -"

"Ud, ud, na biodh guth agad air teicheadh, a bhoireannaich, 's gun thu ach air ..." Stad e, is aithreachas air gun duirt e cho cabhagach e, a' brath cho fìor ònrachdanach 's a bha e a' faireachdainn. Carson an deamhain nach do glac e an t-ainm aice? Bha e mòr leis fhaighneachd dhi, 's cha robh e cinnteach an innseadh e ainm fhèin dhi o nach do rinn e o thoiseach e.

"Cò an taobh a tha thu dol, co-dhiù? Chan eil cabhag mhòr ort, a bheil?"

"Chan eil," thuirt i, 's i a' toirt claparan air an t-searbhadair fo a h-achlais. "Bha mi 'n dùil a dhol a shnàmh on a thàinig an latha cho math. Tha bàgh laghach shuas a deas oirnn an sheo. Uabhasach fasgach. Bàgh na Maighdinn. An aithne dhut e?"

"Gu dearbha, 's aithne! 'S iomadh uair a bha mi fhìn is ... a bha mi fhìn is companaich a' snàmh ann, uair dhen t-saoghal."

"'Eil thu coma ged a shuidhinn an seo greiseag?" dh'fhaighneachd i. "Tha an cuan cho brèagha sa bhad seo. Chan fhaic duine ceart on bhàgh e."

"Siuthad, ma-tha. Làn-di do bheatha. Suidh thall an sin; tha leac ghlan, thioram agad. Cha mhisd' thu d'anail a leigeil 's i cho blàth."

Laigh an cù aig a chasan, a theanga mhòr, dhearg slaodte

ris agus aonach air fhathast.

Bha i greis mhath air an lic gun ghuth a ràdh ach a' sìor choimhead a-mach air a' chuan. Chrom e ris a' chu agus thòisich e air diogladh a chluasan, rud a chòrd ris-san fìor mhath.

"Dè an t-ainm a th' air a' bheathach ghòrach seo, a-rithist?"

"O, 's ann gòrach a tha e gun teagamh, an dearbh fhear. Tha Tito. Ainm luideach, ach bha an aon seòrsa smeig orra nuair a bha e na chuilean."

"Air m'onair, gu bheil suaip mhath aige ris fhathast! Nach eil, a bhodaich bhochd, a-nis." Thòisich e air diogladh nan cluasan a-rithist. Ach bha an cù a' fàs cadalach sa ghrèin, agus mu dheireadh thuit a cheann air a spòig, is dhùin a shùil.

Greis eile a' coimhead a-mach air a' chuan, 's gun ghuth eatarra. Saoil dè bha i a' smaoineachadh? Robh an aon bhuaidh aig an fhairge 's an fharsaingeachd oirrese? Gu dearbha, 's e boireannach tlachdmhor a bh' innte. Cha robh sgeul air fainne-pòsda, ach bha gu leòr an-diugh nach biodh gan cleachdadh. Air a shon sin, bha e cinnteach nach robh i pòsda, no a' togail chloinne, ged a bha i an aois. Bha rudeigin aotrom, dìth-chùramach mu deidhinn. 'S e Gàidhlig an àite seo fhèin a bh' aice, ged a bha i Gallta 's gach dòigh eile, dìreach mar a bha e fhèin.

"Tha thu a' caoidh rudeigin no cuideigin, cha chreid mi. Chan eil e ceart dhut a bhith nad ònrachd mar seo."

Nuair a thionndaidh e aithghearr rithe, bha na sùilean donna a' coimhead air an clàr an aodainn.

"Agus ciamar a tha thu a' dèanamh sin a-mach?"

"O ... rudeigin mu d'dheidhinn. Tha e nad ghiùlain." Thionndaidh i air ais ris a' chuan. Ach chùm i oirre a' bruidhinn. "Fear do choltais, tha fios gu bheil thu pòsda, no gu robh thu pòsda uaireigin. Tha thu beairteach cuideachd - uill, beairteach gu leòr, co-dhiù. Cha toireadh an deise denim a char a duine sam bith, gu h-àraid le na brògan cosgaiseach sin ort. Hand-made às an Eadailt, nach ann?"

"An ann on CID a tha thu, bhoireannaich?" ars esan, 's e a' dèanamh gàire.

Rinn ise gàire cuideachd. "Chan ann, gu dearbha," thuirt i, gun an còrr a ràdh.

An ceann greis eile thuirt esan, "Mura bheil thu dol a dh'innse dhomh gu dè tha thu ris, chan eil thu dol a dh'fhaighinn a' chòrr asamsa."

Sheall i caran ciontach, aithghearr air. Ach dh'aithnich i ann an tiotan nach robh e ach a' tarraing aiste.

"O, gabh mo leisgeul! Cha robh còir agam a bhith bruidhinn mar siud is gad cheasnachadh. Fìor dhroch fhasan a th' agam," ars ise.

"Chan e, chan e. Na biodh uallach sam bith ort mu dheidhinn: Cha do shaoil mi dad dheth. Mura bi ùidh aig daoin' unnainn, tha e a cheart cho math dhuinn a bhith marbh, tha mi smaoineachadh. Ach ciamar, ge-ta, a tha a' Ghàidhlig cho math agad, 's tu cho Gallta?"

"O, boinidh mi dhan àite ... uill, boinidh mo mhàthair co-dhiù. Ach bidh mi an taobh seo, no 'n àiteigin sna h-Eileanan, uair no dhà sa bhliadhna - 's dòcha barrachd."

"Agus gu dè tha gad thoirt ann?"

"Uill, chan ann air holidays a bhios mi, ged nach saoileadh tu orm an ceartuair e! 'S aithne dhut, tha mi cinnteach, mu Cholaisde an Aitich, an Dùn Eideann?"

"O, tha mis' air a bhith bliadhnaichean an Lunnainn."

"Uill, ma-tha, 's ann aca tha mi 'g obair. Tha mi nam sheòrsa de dh'expert air feur 's air bàrr is rudan mar sin. Sin agadsa cosnadh boireannaich 's gun i ach sia thar fhichead! Tha fhios gum bi feadhainn dhe na bodaich an seo a' sad-mhagadh orm uaireannan."

"Am bi thu a' toirt comhairle air na tuathanaich?"

"Cha bhi, taing dhan Agh! Ach bidh mi cumail sùil air experiments a tha dol thall 's a-bhos. Tha a' Cholaisde air seòrsachan feòir a chur air badan dhen mhachaire am bliadhna. 'S mise a dh'fheumas sùil a chumail orra agus innse dhaibh mar a tha gnothaichean a' tighinn air adhart. Di-luain sa tighinn bidh mi sa Cheann a Deas airson latha no dhà, 's an uair sin air ais do Dhùn Eideann."

"'Eil e còrdadh riut? Bidh e gad chumail seang, fallain, co-dhiù, 's tu dèanamh uimhir coiseachd air na raoin 's na machraichean."

"O, gu dearbha. Tha e ònrachdanach uaireannan ach ... O, tha e a còrdadh rium fìor mhath. Dè mu d'dheidhinn-sa?"

Nuair nach do fhreagair e sa mhionaid, thug i sùil iomagaineach air. "Na toir feairt orm mura h-eil thu airson bruidhinn. Ach chuir thu iongnadh orm an toiseach, feumaidh mi aideachadh. Bha thu a' coimhead cho -"

"Truagh?"

"Aidh, rudeigin mar sin. Ach coma leat dhìomsa, chan e mo ghnothach a th' ann." Sheall i air ais air a' bhristeadh ghoileach, gheal aig bun nan creagan, shìos fòdhpa.

"A dh'innse na fìrinn ..." Thug e an aire gun do thionndaidh a ceann sa mhionaid. "A dh'innse na fìrinn, chan eil fhios a'm dòigheil dè tha mi caoidh. 'S dòcha gu bheil mo ghalair cumanta gu leòr, 's nas bitheanta na shaoileas daoine. Co-dhiù, tha mi còrr math is dà fhichead. Na bliadhnaichean loma! Cus astair air mo chùlaibh a-nis 's gun ùin' air tilleadh gu port is cùrsa ùr a stiùireadh. Tha mi caoidh m'òige, tha mi cinnteach, agus an fheadhainn a bha òg còmhla rium."

"'N ann às a seo a tha thu?"

"'S ann, 's ann. Ach tha greis o dh'fhalbh mi. Greis mhòr." Sguir e agus thòisich e, 's gun ghuth a' tighinn às a cheann, air piocadh an fheòir à iomall na lice. Dh'aithnich an nighean gur ise a dh'fheumadh an ath fhacal a ràdh.

"Nach inns thu beagan? Cò aig' tha fios nach dèanadh e faothachadh dhut," thuirt i mu dheireadh.

Rinn e snodha gàire beag, gun mhòran mire.

"Aidh, cha chanainn nach eil thu ceart. Ma tha a dh'fhoighidinn agad a dh'èisdeas."

Ghnog i a ceann.

"Uill, bha tè ann aon uair ... às an àite seo fhèin ... air an robh mi an geall, mar a chanas iad. An geall gu mòr."

Bha a sùil air ais air a' chuan, ach dh'aithnich e gu robh i ag èisdeachd.

"Ach rinn mise dearg amadan dhìom fhìn 's cha tàinig dad às aig a' cheann thall. Co-dhiù, beagan na dhèidh sin, thug mi mach a bhith nam fhear-lagha, agus ann am bliadhna no dhà bha mi ann an Lunnainn 's mi a' dèanamh fìor mhath. Dh'fhàs mi eagalach Gallta an uair sin!"

"Cha bhiodh tu tilleadh an seo uair sam bith?"

"Uill, cha bhitheadh aig an àm, tha thu tuigsinn. Bha mi fuireach an Dùn Eideann ... o ... on a bha mi fichead. Co-dhiù, chan iarrainn ach a bhith ann an Lunnainn. Bha e a' còrdadh math rium, 's mi a' tachairt 's a' cur eòlais air na h-uimhir a dhaoine ..."

"Agus boireannaich, tha mi cinnteach."

"O, a leabhra! Cha robh cion cuideachd bhoireannach orm. Agus bha sinn òg, gun chùram, tha thu tuigsinn. Dè nach robh sinn a' dol a dhèanamh! Co-dhiù, ann am beagan ùine phòs mi fhìn is Pamela, tè dhen chòmhlan seo air an robh mi eòlach. 'S ann à Norfolk a bha a cuideachd, ged a bha i fuireach an Lunnainn an dèidh - mar a chanas iad fhèin - 'tighinn a-nuas' à Cambridge. Cha robh dad de dh'fhios a'm aig an àm gur ann o dhaoine beairteach a bha i. Cha d'fhuair mi seo a-mach gus an do chaochail a h-athair, beagan an dèidh dhuinn pòsadh, agus dh'fhàgadh an t-airgead aicese. Cha robh a màthair beò agus b'ise 'n aon tè a bha san teaghlach."

"Robh teaghlach agaib' fhèin?"

"Bha, aon ghille - Calum. Rugadh e bliadhna an dèidh dhuinn pòsadh, agus sinn a bha air ar dòigh. Uill, bha greis, co-dhiù."

"'N e an t-airgead -?"

"A rinn an cron? Chan e; chan e, an toiseach. Gun teagamh, cha b'fheàirrde sinn dad e. Ach bha rudeigin air a dhol ceàrr roimhe sin. Rudeigin air seargadh. Tha e doirbh a dhol ris, dè bu choireach. Cha do thuig mi riamh e, 's cha tuig, tha mi cinnteach. Ach ... uill, thachair e. Co-dhiù, a thaobh airgid, bha Pamela riamh caran luideach. Nam bheachd-sa co-dhiù. 'S dòcha gu robh mise tuilleadh is cùramach mu dheidhinn, 's gun agam riamh dheth ach na choisinn mi fhìn. Cò aig' tha fios. Co-dhiù, chaidh i bhuaithe buileach nuair a fhuair i airgead a h-athar 's cha ghabhadh i mo chomhairle-sa muigh no mach, ach a' cosg 's a' cosg. Uill, bha sinn air an dol-air-adhart a bha sin, 's gar sàrachadh fhìn ag aimhreit. Bha greis mun do thuig mi gu robh i air tromachadh cho mòr air an òl. Fàsaidh iad cho seòlta, tha fhios agad, an fheadhainn a tha ris, is chaidh aic' air a chleith orm greis mhath. O, bha truas agam rithe is fhios a'm gu robh i ònrachdanach, troimhte-chèile. Ach air a shon sin, bhithinn a' trod rithe gu tric, is eagal orm gun èireadh rud dhan ghille nuair nach biodh i comasach air coimhead ris. Uill, sin mar a thachair mu dheireadh. Ach cha b'e Pamela bu choireach, ach mise. 'S mise a thug cead dha a dhol dhan Ghearmailt cuide ri na sgoilearan eile, agus 's e a bh' air a dhòigh a' falbh. Cha robh ise airson dha falbh idir, idir; ach chaidh mise na h-aghaidh. An cleachdadh, 'eil fhios agad."

"Dè thachair?"

"Uill, bha iad air an rathad dhachaigh. Stad iad ann am Bruges. Tha e coltach gun do leum e mach às a' bhus air thoiseach air càch, is ruith e tarsainn na sràide -" Chual' e fead a h-analach ga tarraing aithghearr. "Cha robh dòigh aig an duine bhochd a bha sa chàr air a sheachnadh."

"Agus a mhàthair - ciamar a bha ise an uair sin?"

"An toiseach, is ann a bha i iongantach, dìreach. Cha do chuir i riamh às mo leth gur mi bu choireach, ged a bha mi a' faireachdainn ciontach gu leòr. Bha greis a bha sinn na bu chòrdte na bha sinn riamh, ach cha do mhair e, tha eagal orm. Cha do mhair, gu dearbha. Dh'fhàs i sàmhach, fad' às a-rithist, is bha mi cumail sùil oirre feuch an robh i air tilleadh chun an òil."

"Agus an robh?"

"Cha robh, ach bha mi cinnteach gu robh i ri rudeigin, agus i air fàs cho slaodach 's cho coma co-dhiù na dòigh. Mun do thuig mi dè bha dol air adhart bha i air stuth na bu mhiosa na 'n deoch -"

"Heroin?"

"Seadh. Bidh fhios agad fhèin a-nis air a' chòrr, tha mi creidsinn."

"Cha robh dòigh aic' air sgur?"

"Cha robh. O ... rinn i oidhirpean gu leòr - tha mi cinnteach gur ise rinn sin. Ach ... uill, mu dheireadh, bhithinn a' siubhal nan sràidean ga h-iarraidh, gu math tric. Cha robh i ach a' cadal far an tuiteadh i. Aon oidhche fhuair cuideigin i mun dh'fhuair mis' i. Thugadh dhan ospadal i, ach cha robh iad na uair. Chaochail i an shin fhèin, agus cha d'fhuair iad fios thugamsa chun an làrna-mhàireach. Cha robh cuimhne no tàlantan air fhàgail aice mu dheireadh."

Dh'aindeoin turtar na mara, bha an t-sàmhchair trom nuair a sguir e a bhruidhinn. Shuidh iad greis gun diog a ràdh ach a' coimhead nan tonnan a bha a' bristeadh gun sgur air na leacan mun coinneamh. Mu dheireadh thionndaidh e rithe, 's thuirt e, "Tha mi air mo dheòir a shileadh o chionn fada, is gu leòr dhiubh ... Seo an dearbh bhad far an robh mi fhìn 's am fear beag nar suidhe a' coimhead a' chuain, an turas mu dheireadh a bha mi an seo, 's thèid agam air bruidhinn air an-diugh gun bhoinne air mo shùil."

"'S tha thu nis a' faireachdainn ... tioram. Mar gum biodh air seargadh?"

"Dìreach. Mar rud gun sùgh, gun fheum. Sin a tha cur an eagail orm. Gu bheil mi air a' chòmhnard a-nis 's gun sunnd agam dìreadh a dhèanamh tuilleadh."

"'Eil thu math air d'obair - air laghaireachd?"

Thug a' cheist aithghearr gàire air.

"Tha mi smaoineachadh gu bheil! Carson a tha thu faighneachd?"

"'S e rud mòr a th' ann a bhith math air rudeigin. Cumaidh e a chridhe ri duine."

"Uill, chan eil fhios a'm mun chridhe ach, gun teagamh, cumaidh e an eanchainn 's an inntinn a' dol. Nis, gu dè mu d'dheidhinn-sa? 'Eil do chosnadh a' cumail do chridhe riut fhèin?"

"O, cha chanainn gu bheil, buileach! Uimhir bleadraich an-diugh mu dheidhinn fulfilment, tha e doirbh a bhith cinnteach! Bidh aithreachas orm uaireannan, gun teagamh, nach eil mi nas trice am measg dhaoine, riaslach 's gu bheil a' chuid as motha dhiubh an-diugh. Uaireannan a dhùraiginn a bhith nam thidsear, no rudeigin mar sin. 'S e tidsear a bha nam mhàthair mun do phòs i."

"Agus tha farmad agad rithe, nuair a bhios tu leat fhèin air na machraichean?"

"Aidh ... tha mi cinnteach gu bheil, an dràsda 's a-rithist."

Thug i sùil air agus an ceann greise thuirt i, "Tha thu coimhead nas fhoiseile, cha chreid mi. Coma leat, pòsaidh tu fhathast."

Cha b'urrainn dha gun gàire a dhèanamh, leis cho cinnteach 's a bha i ga ràdh.

"Agus ciamar a tha thu dèanamh sin a-mach?"
"Tha thu dhen t-sliochd a dh'fheumas."
"'Eil thu smaoineachadh?"
"O tha - 's fhurasda aithneachadh. Fìor chall a th' ann daoine dhe d'sheòrsa-sa bhith nan ònrachd. Cus bàidh unnta. Chan eil fhios a'm ciamar a chanas mi e. Is ann a tha mi air cus a ràdh mu thràth! Co-dhiù, b'fheàirrd' thu e," ars ise 's i gàireachdraich, 's ag èirigh na seasamh. Thug e an aire gu robh ruthadh air tighinn na bus. Dh'èirich e fhèin cuideachd, is thòisich an cù air comhartaich uair eile.

"Bha mi smaoineachadh," thuirt e, "ged nach robh e nam bheachd a dhol na b'fhaide na seo, am biodh tu coma ... seach gu bheil thu dol a-null ...?"

"Chòrdadh e riut am bàgh fhaicinn uair eile? Aidh! Làn-di do bheatha, ma-tha - thugainn!"

Cha robh iad ach air dhà no trì cheumannan a ghabhail nuair a stad i 's a thuirt i, "Dad ort, ge-ta!"

"Seadh? Dè tha ceàrr?"

"Chan eil ach ... uill, chan eil agam ach an searbhadair, tha thu tuigsinn. Bidh mise a' snàmh dearg rùisgte."

"O, mar sin, 's fheàrr dhomh tilleadh. Cha -"

"Fuirich, ge-ta. Cha ruig thu leas teicheadh cho luath 's a ruigeas sinn. Cha bhi mi fad' ann, 's an sàl cho fuar. Co-dhiù, tha earbsa agam nach e DOM a th' unnad."

"Gu dè air thalamh an seòrsa beathaich a tha sin?"

"Dirty Old Man, a ghràidhein!"

Chuir e a cheann gu chùl is rinn e lasgan.

"O, cha do rugadh riamh thu, laochag. 'S e th' unnad ach tè a thàinig a-mach às na coilleagan! Thugnamaid, ma-tha."

Nuair a ràinig iad thall 's a chunnaic e am bàgh, an shiud eadar cuan is cnoc mar a bha cuimhn' aig' air, bhuail an cianalas gu dona a-rithist e agus bha beagan aithreachais air gun tàinig e cho fada. Sheall e mun cuairt air na cnuic a bha a' cumail fasgaidh orra agus air a' bhad chumhang dhen bhàgh eadar na creagan far an fhaodadh duine snàmh gun fhios do dh'fheadhainn a thachradh a dhol seachad, agus dh'fhàs e gu math sàmhach. Dhia nan gràsan, an ann an-dè a bhiodh e fhèin 's i fhèin a' tighinn an seo? 'N ann beagan an dèidh a' chogaidh, no mus tàinig na Lochlannaich, no cuin a bh' ann? Bu choma dhan chuan 's dha na creagan cuin. Cha robh cuimhn' acasan air an dithis ud, ged a bheannaich iadsan, 's iad aoibhneach, a h-uile clach, is boinne sàile, is bileag fheòir, a bha sa bhàgh ud, uair is uair. Agus bha neochoireachd na h-òige cho fada bhuaithe nis is nach robh dòigh air an t-astar a thomhas, no greimeachadh air le chuimhne is aiseag air ais thuige. Bha e cho math dha a leigeil bhuaithe, a leigeil ris an t-sruth; is biodh an t-aoibhneas 's an dòchas a bh' aige aon uair a' fleodraich feadh a' chuain, cuide ri muragan chàich.

"Bidh thu airson cur dhìot air cùl na creige, tha mi cinnteach. Thèid mi fhìn is Tito air ais suas an leathad," thuirt e mu dheireadh.

"Ceart. Cha bhi mise ro fhada sam bith," fhreagair i.

Fhuair e gnoban air an suidheadh e, agus laigh an cù aig a chasan nuair a ràinig iad mullach a' chnuic. Cho eireachdail 's a bha an saoghal, shaoil e, 's e a' coimhead mun cuairt. Ach dè b'fhiach sin, 's gun an eachdraidh an duine ach làmh dhearg is cogadh is aimhreit? Agus cha b'ann na b'fheàrr a bha gnothaichean a' dol. Linn ùr, nàimhdean ùra. Co-dhiù, bheirte a chreidsinn oirnn gu robh cuideigin a' maoidheadh oirnn, 's readh an saoghal a thruailleadh uair eile le fuil is brùidealachd. Chuimhnich e a' bhliadhna a chaidh e cuairt dhan Ghearmailt, e fhèin is companach à Lunnainn. Sheòl iad air an Rhine gu Cologne, 's rinn iad siubhal mòr às dèidh sin le càr. Aon latha stad iad faisg air leathad cas far an robh na cruinn-fhìona a' fàs ri taobh na h-aibhne, is an sealladh a' còrdadh riutha.

Bha e a' teannadh ris a' mheadhan-latha, agus thàinig an luchd-obrach a-nuas gu bruaich na h-aibhne a leigeil an anail. Bha biadh aig a' chuid bu mhotha dhiubh ann am pacaidean. Rinn esan 's a chompanach gu togail orra às an rathad, ach chaidh eubhach air ais orra agus thabhainneadh biadh dhaibh is àite-suidhe nam measg. Bha dà bhotal fhìon aca sa chàr, agus chaidh seo a riarachadh eatarra. Le cion fileantais air gach taobh, bha e doirbh mòran còmhraidh a dhèanamh. Ach cha robh teagamh nach robh càirdeas ann, agus bha e doirbh dha a chreidsinn nach b'ann sna h-Eileanan a bha e, cuide ri luchd-faing no sgioba buain mhònadh, nuair a sheall e mun cuairt. Daoine socair; gach gruaidh is guth a' toirt a dhaoine fhèin gu mòr na chuimhne. Ach nam b'lùdhach e, gu dè an uair sin? Am b'e cuibhreann an duine, riamh on leagadh Abel le buille mharbhtaich a bhràthar, murt agus leòn, cion bàidh is droch amharas? Agus cha robh dol às aig na ginealaich a bha fhathast ri tighinn às ar dèidh; an aon eallach a dh'fheitheamh orrasan nan àm, a' sìor thromachadh gus an latha a bheireadh an cadal buan fois dhaibh aig a' cheann thall, mar a thug e dham pàrantan. Nan robh Calum air a bhith buan, gu dè an seòrsa saoghail a bhiodh aige? Am biodh de ghliocas 's de dh'fhoighidinn aige na sheasadh daingeann an aghaidh nam buillean guineach? Mar bu mhotha eanchainn is tuigse bh' aig duine, 's ann bu mhotha, mar bu trice, a bhiodh e a' fulang san t-saoghal seo, ma bha dad de bhàidh idir na nàdar. Dh'fhairich e an aois na chnàmhan agus eallach an spioraid a' tromachadh.

Rinn Tito comhart agus thionndaidh e a cheann nuair a chual' iad i ag eubhach riutha. Bha i a-muigh am meadhan a' bhàigh agus i a' smèideadh. Cha dèanadh e mach a sùilean ach thuig e, leis an fhiamh a bh' air a h-aghaidh, gu robh iad a' deàrrsadh. Smèid e air ais agus thog i làmh suas uair eile às an uisge. Bho a h-uilinn chunnaic e paidearan rìomhach a' tuiteam, na boinneachan a' frasadh air uachdar na mara agus a' ghrian a' dèanamh ghrìogagan airgid dhiubh. Mar gum brùthadh fuaran air fonn tioram, dh'fhairich e gluasad an aoibhneis na anam agus thuig e gu maireadh e; gun gleidheadh e an sealladh ud na chuimhne iomadach latha, is gun toireadh e furtachd dha. Dhia na glòrach, bha an saoghal maiseach fhathast, a dh'aindeoin gnothaich! 'S e an dalladh a bh' oirnn - dalladh a' chùraim 's an uallaich - bu choireach nach robh sinn ga fhaicinn na bu trice. Shuidh e air ais air a' ghnoban agus chuir e dheth a bhrògan 's a stocainnean. Nuair a sheas e, 's a dh'fhairich e dioglladh an fheòir fo bhuinn, bha e mar ghill' òg uair eile. Nuair a thug e slaodadh air cluasan Tito thòisich an cù air comhartaich 's a' toirt ghlamhaidhean air òrdagan, an dùil gu robh cleas ùr air choreigin aig an duine seo. Cha bu dioglladh riamh gus an uair sin e, agus thuit e na bholla air a' chnoc, 's e call a lùiths a' gàireachdraich. Dh'imlich an cù aodann, agus uallach air a' bheathach bhochd gu robh e air beagan dhe chiall a chall. Mu dheireadh fhuair e a cheannsachadh; ach dh'fhuirich e far an robh e, 's an cnoc blàth, còmhnard fo dhruim.

Sin mar a fhuair i e, 's e na leth-chadal, nuair a dhìrich i nuas. Bha spòg a' choin air uchd agus fiamh an duine shona air aodann, ged a bha a dhà shùil dùinte an aghaidh na grèine.

"Siud Godiva deiseil, ma-tha! Nach ann a tha an deagh shunnd air Peeping Tom, a rèir choltais."

"Ach an aghaidh a th' ort," thuirt e. "Agus mise a' call an fhradhairc a' coimhead dhan a h-uile h-àird ach far an robh thu!" Shuidh e air cloich is chuir e air a bhrògan.

"Bha mi 'n dùil am fàgail dhìom, ach cha bhiodh e glic is am muran cho stobach," thuirt e mun do thog iad orra.

Thill iad taobh a' mhachaire agus ise airson sùil a thoirt, san dol seachad, air iomaire seagail a bha shìos aig Tobhta Anndra.

"Seo shìos far an do dh'fhàg mi 'n càr - taobh thall na Tobhta," thuirt e nuair a bha iad sìos pìos an dèidh a bhith aig an iomaire.

Chrath i a ceann. "O, 's ann do mhuinntir Lunnainn a bhoineas tu gun teagamh. Cha tèid iadsan ceum às aonais càir. Ach dad ort, gus an tomhais mi dè an seòrsa! Chan e fear cumanta sam bith a bhios agad, cuiridh mi geall."

"'Eil thu smaoineachadh? Cha leig an t-eagal leam fhaighneachd carson a tha a' bharail sin agad orm."

"Aidh, fear gu math cosgaiseach a bhios ann, thèid mi 'n urras. Ach tha Rover, no gin dhiubh sin, ro stòld' air do shon, shaoilinn."

"Chan eil mi dol a ràdh diog. Biodh foighidinn agad gus am faic thu."

Nuair a thàinig iad timcheall a' chnuic bha am Maserati san lag mun coinneamh. Chunnaic e gu robh a dà shùil cruinn na ceann, agus chuir seo toileachadh air. Gu dearbha, bha coltas seang, siùbhlach air a' chàr, agus dreach a' charbaid uasail, an shiud am measg a' mhurain.

"Nach duirt mi riut, a-nis!" dh'eubh i, 's i leum mun cuairt dheth, ga choimhead o gach taobh. "Nach duirt mi gur e fear mar seo a bhiodh ann? ... Ach Maserati, a laochain! Nach math a thuig mi do nàdar, agus tomhas math dhen t-sybarite unnad?"

"Can sin a-rithist agus cuiridh mi 'n lagh ort," thuirt e, 's e a' dèanamh gàire. Nuair a dh'fhosgail e an doras, is e a' dol a shealltainn dhi cho grinn 's cho snasail 's a bha e na bhroinn, leum an cù a-staigh dhan deireadh, cumhang 's gu robh e.

"Tito! Mhic gun nàire, thig a-mach à sin!" dh'eubh i ris.

"Ach, coma leat dheth. Cha dèan e cron sam bith. Thig fhèin a-staigh agus bheir mi sìos gu ùtraid Eachainn sibh le chèile. Càite seo an duirt thu bha thu fuireach?"

"An taigh Mhurchaidh."

Stad e greis is e a' dol fo smaointean. "Murchadh Dhòmhnaill a' Mhuilinn?"

"An dearbh fhear."

Bhiodh Murchadh 's a bhean air fàs gu math sean a-nis. Saoil an robh i càirdeach dhaibh? Cha chual' e gu robh iad a' gabhail loidsearan riamh.

As a' ghuth-thàmh thuirt e, "Fuirich ort! Innsidh mise dhut dè nì sinn!" Stad e agus shìn e dhi iuchraichean a' chàir.

"On a tha thu eòlach orra, tha fios gun cum thu smachd air a' bheathach seo."

"'N e mise? O, 'n ainm an Aigh -"

"Uill, mura bheil thu smaoineachadh gun dèanadh an cù an gnothach ... Cò eile ach thusa? Trobhad; thig a-staigh an taobh seo."

"Bheil thu cinnteach a-nis?" dh'fhaighneachd i nuair a shocraich i i fhèin air cùl na cuibhle.

"Chan eil, gu dearbha, mi cinnteach sam bith, gus am faic mi ciamar a thèid dhut! Feuch a-nis nach tèid thu às do rian 's gun cuir thu crìoch oirnn le chèile."

Chuir i an sàs an iuchair. Ach stad i an uair sin 's thug i sùil iomagaineach air.

"Chan eagal dhut fhad 's a bhios tu faiceallach," thuirt e. "Thoir an aire dha na gnobain, 's bidh thu ceart gu leòr."

Thàinig borbhan ìseal, socair on einnsean mhòr. Ach ìseal 's gu robh e, bu rabhadh e gu robh neart smaoineachail fon bhonaid. Le cion eòlais air, ghabh i an gnothach air a socair an toiseach agus dh'èalaidh iad sìos far an robh am machaire na b'fhosgailte. Mean air mhean, thàinig misneachd thuice. "Cùm sìos an taobh seo, eadar an dà choilleig," thuirt e.

"Ach càit a bheil sinn a' dol mar seo?" dh'fhaighneachd i.

"Gu Tràigh a' Chorrain. Thèid agad air fheuchainn nas fheàrr shìos an sin."

Stad an càr sa mhionaid. "Ge-ta, 's e call a bhiodh an sin! Millidh a' ghainmheach e!"

"Cha mhill, ma nigheas mi fodha gu cùramach. Agus nì mi feasgar e, 's gun dad agam ri dhèanamh an dèidh àm dìnnearach."

"Uill, 's e do chuid-sa th' ann. Ach cha bhithinn-sa cho mì-chùramach," thuirt i, 's i ga stiùireadh eadar na coilleagan.

Cha robh duine beò romhpa air an tràigh. Cha robh ann ach an fharsaingeachd sgaoilte mun coinneamh ri oir a' chuain - geal, còmhnard fon ghrèin. Brùthadh beag le cois agus thug an càr sìnteag às, mar fhiadh a' dol ri monadh. Cha chluinnte ach am monmhar bu lugha às an einnsean agus fead shocair o na rothan air an tràigh. Thug i eubh aiste leis an toileachas.

"Nach e tha còrdadh riut!" thuirt e, 's e a' gàireachdraich.

Faisg air na sgeirean, aig ceann na tràghad, thionndaidh i air ais, agus rinn i an aon sgrìob a tuath, gu math na bu luaithe an turas seo. Sheall i air fon t-sùil feuch an robh i a' cur an eagail air. Ach cha robh. Bha esan 's a shùil a-mach air an tràigh 's air a' ghrèin, cho sona 's cho riaraichte ri rìgh, a rèir choltais. Leis an astar a bh' aice, cha robh tiotan gus an robh iad air ais aig a' bhealach. Dhìrich i gu faiceallach is chùm i sìos ri oir a' mhachaire, a' stiùireadh gu cùramach eadar na slocan 's na gnobain. Nuair a ràinig iad an ùtraid aig ceann an rathaid mhòir, stad i an t-einnsean.

"Uill, 's bochd gu bheil siud seachad," thuirt i.

"Gu dearbha, chòrd e riut gu math, cha chreid mi," ars esan.

"Abair thusa! Agus nach beag an t-iongnadh? Nuair a dh'fhalbh mi 'n-diugh, 's beag a bha dhùil a'm gur ann mar seo a thillinn! 'S e tha seo ach càr air leth, dìreach, agus 's ann agam a tha 'm farmad riut."

Thug e pacaid às a phòcaid is thabhainn e siogarait dhi. Bha e toilichte nach do dhiùlt i, agus e deònach i dh'fhuireach greiseag eile. Shuidh iad greis a' smocadh gun ghuth eatarra. Bha uinneagan a' chàir fosgailte agus chluinneadh iad ceòl nan uiseag, 's na ceudan dhiubh air iteig os cionn a' mhachaire.

"Nach ann acasan a tha 'n ceòl? Toirt na mo chuimhne," thuirt e às a' ghuth-thàmh.

"Dè?"

"Màiri Mhòr. *Nuair Bha mi Og -*"

"O ... na h-uiseagan greannmhor! Ach chan eil mòran sprèidh a' geumnaich, tha eagal orm. Barrachd ri na giomaich an-diugh na tha ri crodh."

"A, uill, nach coma an cosnadh fhad 's a chumas e daoine san àite. Bidh beagan luchd-turais a' tighinn am bliadhna fhathast, tha mi cinnteach."

"O bithidh, tha mi creidsinn. Tha mo mhàthair a-staigh cuide rium an turas seo. Bidh i 'n seo fad an t-samhraidh. Ach chan fhaigh m'athair tighinn gu deireadh a' mhìos agus gnothaichean cho trang sa bhanc."

"Sa bhanc?"

"Seadh. 'S e bancair a th' ann. Ach is coma leis-san cuin a thig e, ma gheibh e cothrom iasgach a dhèanamh."

Thuirt i tuilleadh ach cha chual' e guth dheth. Dh'fhairich e an toiseach laige, agus bha e cinnteach gu robh fallas a' tighinn às agus gu robh aodann na lòn leis. Ach ma thug i an aire, cha tug i iomradh. Chùm i oirre a' bruidhinn greis mar gu robh i a' tuigsinn gu robh rudeigin air inntinn. Cha b'iongnadh sam bith i bhith fuireach an taigh Mhurchaidh - nach ann a rugadh i! Dhia nan Gràs, 's ann às na coilleagan a thàinig i gun teagamh, mar a thubhairt e, 's gun fhios aige aig an àm dè bha e a' ràdh.

Agus bha e cho math nach robh. Seo aon àm nuair a bha cion eòlais na bheannachadh 's na bhuannachd. Nach b'iongantach an saoghal! Sheall e oirre fon t-sùil agus iongnadh is uaill air còmhla. An gnothach ud a thachair, o chionn fada, fada an t-saoghail, ma bha e cho olc 's a bha daoine a' dèanamh a-mach, nach aidicheadh iad a-nis gu robh rudeigin math - rudeigin anns an robh eireachdas - air tighinn às aig a' cheann thall?

"'S fheàrr dhòmhsa falbh, a-nis. Bha mo mhàthair a'

bruidhinn air tighinn a-nuas dhan bhùthaidh, agus 's dòcha gu faigh mi suas dhachaigh i." Dh'fhosgail i an doras agus sheas i mach. Thàinig e timcheall an taobh a bha i.

"Abair ri do mhàthair ..." Stad e 's gun fhios aige dè chanadh e.

"Seadh?"

"Abair ri do mhàthair ... O, gu robh mi ga faighneachd."

"Am b'aithne dhut i?"

Rinn e snodha gàire. "O, b'aithne, laochag, uair dhen t-saoghal."

Rinn i fhèin snodha gàire. "Bhiodh e na b'fhasa dhomh nam b'aithne dhomh cò thu! Eil fhios agad nach do dh'innis thu fhathast dhomh?"

"Uilleam Dhòmhnaill Sgoilear a chanadh iad rium."

"Uilleam Dhòmhnaill Sgoilear ... Seadh, dìreach."

Sheall i an clàr an aodainn air agus thuig e gu robh fhios aice, 's nach b'e siud a' chiad uair a chual' i an t-ainm.

Chaidh e air ais dhan chàr agus i a' sìor choimhead air. Cha duirt i an còrr, ach bha snodha gàire oirre fhathast agus dh'aithnich e air na sùilean donna gu robh i air a dòigh. Sheas i air fàl an rathaid a' smèideadh dha nuair a thog e air air ais taobh na hotel. Bha a falt fhathast fliuch leis an t-sàl. Chùm e uinneagan a' chàir fosgailte agus e fhathast a' cluinntinn nan uiseag os cionn fuaim an einnsean. Theann e air seinn, a ghuth a' tighinn cruaidh, aoibhneach.